DU MÊME AUTEUR

Aux Éditions Gallimard

L'AMOUR HARCELANT

LES JOURS DE MON ABANDON

POUPÉE VOLÉE

L'AMIE PRODIGIEUSE

LE NOUVEAU NOM (L'AMIE PRODIGIEUSE, II)

Du monde entier

ELENA FERRANTE

L'AMOUR HARCELANT

roman

Traduit de l'italien
par Jean-Noël Schifano

nrf

GALLIMARD

Titre original :

L'AMORE MOLESTO

à ma mère

I

Ma mère s'est noyée la nuit du 23 mai, jour de mon anniversaire, dans le bras de mer qui fait face à la localité qu'on appelle Spaccavento, à quelques kilomètres de Minturno. Le lieu même où, à la fin des années cinquante, quand mon père vivait encore avec nous, nous louions pendant l'été une pièce chez des paysans pour y passer le mois de juillet, dormant à cinq dans quelques mètres carrés surchauffés. Tous les matins, nous les filles, nous gobions un œuf frais, coupions vers la mer au milieu des hauts roseaux, à travers des sentiers de terre et de sable, et nous allions nous baigner. La nuit où ma mère est morte, la propriétaire de cette maison, qui s'appelait Rosa et avait alors plus de soixante-dix ans, entendit frapper à la porte mais n'ouvrit pas par peur des voleurs et des assassins.

Ma mère avait pris le train pour Rome deux jours avant, le 21 mai ; elle n'était jamais arrivée. Les derniers temps elle venait chez moi passer quelques jours au moins une fois par mois. Je n'étais pas contente de la sentir dans la maison. Elle se réveillait à l'aube et, selon son habitude, elle astiquait de fond en comble la cuisine et la salle de séjour. Je cherchais à me rendormir mais je n'y arrivais pas : raidie entre les draps, j'avais l'impression qu'en s'affairant au ménage elle transformait mon corps en celui d'une petite fille toute ridée. Quand elle arrivait avec le café, je me resserrais dans un coin pour éviter qu'elle ne m'effleurât en s'asseyant sur le bord du lit. Sa sociabilité m'agaçait : elle sortait faire les courses et traitait familièrement des commerçants avec lesquels je n'avais pas échangé deux mots en dix ans ; elle allait se promener en ville avec des connaissances à elle, faites par hasard ; elle devenait l'amie de mes amis, et elle leur racontait les histoires de sa vie, toujours les mêmes. Avec elle, je ne savais être que contenue et insincère.

Elle s'en retournait à Naples dès ma première ombre d'impatience. Elle rassemblait ses affaires, donnait un dernier coup à la maison et elle promettait de revenir bientôt. Moi je faisais le tour des pièces en arrangeant à mon goût ce qu'elle avait disposé selon le sien. Je redonnais à la salière le compartiment où je la mettais depuis des années, je restituais au détergent la place qui m'avait toujours paru convenable, je bouleversais l'ordre qu'elle avait mis dans mes tiroirs, je rendais au chaos la pièce où je travaillais. Et l'odeur de sa présence — un parfum qui laissait dans la maison un sentiment d'inquiétude — au bout de quelque temps passait aussi comme, l'été, l'odeur d'une pluie de courte durée.

Souvent elle manquait le train. D'habitude elle arrivait avec celui d'après ou même le jour suivant, mais je ne parvenais pas à m'y faire et ma préoccupation était toujours identique. Je lui téléphonais avec anxiété. Lorsque enfin j'entendais sa voix, je lui faisais des reproches empreints de dureté : pourquoi donc n'était-elle pas partie, pourquoi ne m'avait-elle pas avertie ? Elle se justifiait sans empressement et, amusée, se demandait ce que j'imaginais qu'il pût lui arriver, à son âge. « Tout et n'importe quoi », répondais-je. Je m'étais toujours figuré une trame de guets-apens noués exprès pour la faire disparaître du monde. Quand j'étais petite, je passais le temps de ses absences à l'attendre à la cuisine, derrière les vitres de la fenêtre. Je priais qu'elle réapparût au bout de la rue comme une figure dans une boule de cristal. Je respirais sur la vitre en la couvrant de buée, pour ne pas voir la rue sans elle. Si elle tardait, l'anxiété devenait tellement irrépressible qu'elle éclatait en tremblements de mon corps tout entier. Alors je m'enfuyais dans un débarras sans fenêtres et sans lumière électrique, juste à côté de leur chambre à elle et à mon père. Je fermais la porte et je restais dans le noir, à pleurer en silence. Le cagibi était un antidote efficace. Il m'inspirait une terreur qui tenait en respect mon anxiété sur le sort de ma mère. Dans la nuit noire, asphyxiée par le DDT, je subissais l'agression de formes colorées qui, l'espace de quelques secondes, me léchaient les pupilles en me coupant le souffle. « Quand tu reviendras, je te tuerai », pensais-je, comme si c'était elle qui m'avait laissée enfermée là-dedans. Mais ensuite, à peine j'entendais sa voix dans le couloir, je me glissais dehors en toute hâte pour aller lui tourner autour avec indifférence. Ce cagibi me revint à l'esprit quand je découvris qu'elle était partie normalement mais n'était jamais arrivée.

Dans la soirée je reçus le premier appel téléphonique. Sur un ton tranquille, ma mère me dit qu'elle ne pouvait rien me raconter : avec elle, il y avait un homme qui l'en empêchait. Puis elle se mit à rire et elle raccrocha. Sur le moment, c'est la stupeur qui l'emporta. Je pensai qu'elle voulait plaisanter et me résignai à attendre un deuxième appel. De fait je laissai les heures passer en conjectures, inutilement assise à côté du téléphone. Ce n'est qu'après minuit que je m'adressai à un ami de la police, qui fut très gentil : il me dit de ne pas m'agiter, qu'il s'en occuperait lui. Mais la nuit s'écoula sans qu'on eût aucune nouvelle de ma mère. De certain il n'y avait que son départ : la veuve De Riso, une femme seule du même âge qu'elle, avec qui depuis quinze ans alternaient des périodes de bon voisinage et des périodes d'inimitié, m'avait dit au téléphone qu'elle l'avait accompagnée à la gare. Pendant qu'elle faisait la queue pour le billet, la veuve lui avait acheté une bouteille d'eau minérale et un magazine. Le train était bondé mais ma mère avait quand même trouvé de la place à côté de la fenêtre, dans un compartiment bourré de soldats en permission. Elles s'étaient saluées en échangeant des conseils de prudence. Comment était-elle habillée? Comme d'habitude, avec des vêtements qu'elle avait depuis des années : jupe et veste bleues, un sac à main de cuir noir, de vieilles chaussures à talons moyens, une petite valise usée.

A sept heures du matin, ma mère téléphona de nouveau. Pour toute réponse à la grêle de questions que je fis pleuvoir sur elle (« Où es-tu? D'où téléphones-tu? Avec qui es-tu? »), elle se contenta de me débiter à voix très haute, en prenant goût à les scander, une série d'expressions obscènes en dialecte. Puis elle raccrocha. Ces obscénités provoquèrent chez moi une régression désordonnée. Je retéléphonai à mon ami, en le stupéfiant par un obscur mélange d'italien et d'expressions dialectales. Il voulut savoir si ma mère était particulièrement déprimée ces derniers temps. Je n'en savais rien. J'admis qu'elle n'était plus comme autrefois, tranquille, paisiblement amusée. Elle riait sans raison, elle parlait trop; mais les personnes âgées sont souvent comme ça. Mon ami en convint lui aussi : avec les premières chaleurs, les vieux faisaient des choses bizarres, c'était courant; il ne fallait pas s'inquiéter. Mais moi, je continuai à m'inquiéter et je passai la ville au peigne fin en cherchant surtout dans les endroits où je savais qu'elle aimait se promener.

Le troisième appel arriva à dix heures du soir. Ma mère parla confusément d'un homme qui la suivait pour l'emporter roulée dans un tapis. Elle me demanda d'accourir à son aide. Je la suppliai de me dire où elle se trouvait. Elle changea de ton, répondit qu'il ne valait mieux pas. « Enferme-toi, n'ouvre à personne », recommanda-t-elle. Cet homme voulait me faire du mal à moi aussi. Puis elle ajouta : « Va dormir. Maintenant je vais prendre un bain. » On n'entendit plus rien.

Le jour suivant deux garçons virent son corps qui flottait à quelques mètres de la rive. Elle n'avait sur elle que son soutien-gorge. On ne trouva pas la valise. On ne trouva pas le tailleur bleu. On ne trouva même pas la culotte, les bas, les chaussures, le sac à main et les papiers d'identité. Mais elle avait au doigt sa bague de fiançailles et son alliance. Aux oreilles, elle portait les boucles que mon père lui avait offertes un demi-siècle auparavant.

Je vis le corps et, en face de cet objet livide, je sentis que peut-être je devais m'y agripper pour ne pas finir Dieu sait où. Il n'avait pas été violé. Il présentait seulement quelques ecchymoses, dues aux vagues d'ailleurs légères qui l'avaient poussée durant toute la nuit contre des écueils à fleur d'eau. Il me sembla qu'autour des yeux elle gardait les traces d'un maquillage qui devait avoir été très marqué. J'observai longuement, avec malaise, ses jambes olivâtres, extraordinairement jeunes pour une femme de soixante-trois ans. Avec un égal malaise, je me rendis compte que le soutien-gorge n'avait pas grand-chose de commun avec ceux, tout usés, qu'elle portait habituellement. Les bonnets étaient faits d'une dentelle finement travaillée et montraient les mamelons. Ils étaient réunis par trois V brodés, griffe d'une coûteuse boutique napolitaine de lingerie pour dames, celle des sœurs Vossi. Quand on me le rendit en même temps que ses boucles d'oreilles et que les bagues, je le respirai longuement. Il avait l'odeur piquante de l'étoffe neuve.

II

Pendant l'enterrement, je me surpris à penser que je n'avais enfin plus l'obligation de me faire du souci pour elle. Aussitôt après je perçus un écoulement tiède et je me sentis mouillée entre les jambes.

J'étais en tête d'un long cortège de parents, d'amis, de connaissances. Mes deux sœurs se serraient à mes côtés. J'en soutenais une par un bras car je craignais qu'elle ne s'évanouît. L'autre s'accrochait à moi comme si ses yeux trop gonflés l'eussent empêchée de voir. Cette déliquescence involontaire de mon corps m'effraya comme la menace d'une punition. Je n'avais pas réussi à verser une larme : elles ne m'étaient pas venues ou bien peut-être n'avais-je pas voulu qu'elles me viennent. En outre, j'avais été la seule à dire un mot de justification pour mon père, qui n'avait pas envoyé de fleurs et n'était pas venu à l'enterrement. Mes sœurs ne m'avaient pas caché leur désapprobation et maintenant elles semblaient s'appliquer à démontrer publiquement qu'elles avaient assez de larmes pour pleurer même celles que ni moi ni mon père n'étions en train de verser. Je me sentais mise en accusation. Lorsque le cortège fut côtoyé un moment par un homme de couleur qui portait à l'épaule certaines toiles peintes montées sur châssis, dont la première (celle qui était visible, dans son dos) représentait grossièrement une bohémienne à demi nue, j'espérai que ni elles ni les gens de la famille ne s'en apercevraient. L'auteur de ces tableaux était mon père. Peut-être travaillait-il à ses croûtes en cet instant-là. De cette odieuse bohémienne, vendue dans les rues et dans les foires de province depuis des dizaines d'années, il avait fait et continuait de faire copie sur copie, obéissant pour quelques lires et comme toujours à la demande de vilains petits tableaux pour salles de séjour petites-bourgeoises. L'ironie des lignes qui relient des heures à des rencontres, à des séparations, à de vieilles rancœurs, avait envoyé à l'enterrement de ma mère non pas lui, mais sa peinture rudimentaire que nous, ses filles, détestions plus que nous ne détestions son auteur.

Je me sentais fatiguée de tout. Depuis que j'étais arrivée en ville, je ne m'étais pas arrêtée un seul instant. Pendant des jours j'avais accompagné les déambulations de mon oncle Filippo, le frère de ma mère, dans le chaos des bureaux, au milieu des petits intermédiaires susceptibles d'accélérer la procédure bureaucratique des formalités ou éprouvant par nous-mêmes, après de longues files d'attente aux guichets, la bonne volonté que les employés mettaient à surmonter des obstacles infranchissables en échange d'importantes gratifications. Parfois mon oncle avait réussi à obtenir quelques résultats en exhibant la manche vide de sa veste. A un âge avancé, cinquante-six ans, il avait perdu le bras droit en travaillant au tour dans une usine de banlieue et depuis il utilisait son invalidité tantôt pour demander des faveurs, tantôt pour souhaiter à qui les lui refusait la même infortune que la sienne. Mais les résultats les meilleurs, nous les avions obtenus en déboursant beaucoup d'argent que nous ne devions pas. De cette façon nous nous étions rapidement procuré les papiers nécessaires, les autorisations de je ne sais combien d'autorités compétentes vraies ou inventées, un enterrement de première classe et, le plus difficile, une place au cimetière.

Pendant ce temps, le corps mort d'Amalia, ma mère, après la boucherie de l'autopsie, était devenu de plus en plus lourd à force d'être traîné avec nom et prénom, date de naissance et date de décès, devant des employés tour à tour grossiers et insinuants. Je sentais l'urgence de m'en débarrasser et pourtant, pas suffisamment épuisée encore, j'avais voulu porter le cercueil sur mes épaules. On me l'avait concédé avec bien des résistances : les femmes ne portent pas les cercueils sur leurs épaules. On n'aurait pu avoir une plus mauvaise idée. Comme ceux qui transportaient la bière avec moi (un cousin et mes deux beaux-frères) étaient plus grands, j'avais craint pendant tout le parcours que le bois ne m'entrât dans la chair entre la clavicule et le cou en même temps que le corps qu'il contenait. Quand le cercueil avait été déposé dans le corbillard et que celui-ci s'était mis en route, il avait suffi de quelques pas et d'un coupable soulagement pour que la tension chutât dans ce flot secret du ventre.

Le liquide chaud qui sortait de moi contre ma volonté me fit l'impression d'un signal convenu entre des étrangers à l'intérieur de mon corps. Le cortège funèbre avançait vers la piazza Carlo III. La façade jaunâtre de la Maison d'arrêt me semblait contenir à grand-peine la pression du quartier Incis qui pesait sur elle. Les rues de la mémoire topographique me paraissaient instables comme une boisson effervescente qui, agitée, déborde d'écume. Je sentais la ville dissoute dans la chaleur, sous une lumière grise et poussiéreuse, et je repassais mentalement le récit de l'enfance et de l'adolescence qui me poussait à errer en imagination à travers l'École vétérinaire jusqu'au Jardin botanique ou parmi les pierres toujours humides, couvertes de légumes pourris, du marché de Sant'Antonio Abate. J'avais le sentiment que ma mère emportait avec elle les lieux aussi, et aussi le nom des rues. Je fixais mon image et celle de mes sœurs sur la vitre, au milieu des couronnes de fleurs, comme une photo prise avec peu de lumière, inutile à l'avenir pour la mémoire. Je m'ancrais par les semelles de mes chaussures aux pavés de la place, j'isolais l'odeur des fleurs disposées sur le corbillard, une odeur de pourri déjà. A un certain moment, je craignis que le sang ne commençât de me couler le long des chevilles et je tentai d'échapper à mes sœurs. Ce fut impossible. Je dus attendre que le cortège tourne sur la place, grimpe par la via Don Bosco et enfin se fonde dans un embouteillage de voitures et de foule. Oncles, grands-oncles, beaux-frères, cousins se mirent à m'embrasser les uns après les autres : des gens vaguement connus, changés par les années, fréquentés seulement pendant l'enfance, peut-être jamais vus. Le peu de personnes que je me rappelais avec netteté ne s'étaient pas manifestées. Ou peut-être étaient-elles là, mais je ne les reconnus pas, car, depuis le temps de l'enfance, il ne m'était resté d'elles que des détails : un œil de travers, une jambe boiteuse, un teint levantin. En revanche des personnes dont j'ignorais jusqu'au nom me prirent à part pour me citer des torts anciens que leur avait causés mon père. De jeunes hommes, inconnus mais pleins d'affection, rompus aux conversations de circonstance, me demandèrent si je me portais bien, comment ça allait pour moi, quel travail je faisais. Je répondis : bien, ça allait bien pour moi, je faisais des bandes dessinées, et pour eux comment ça allait ? Beaucoup de femmes ridées, noires de la tête aux pieds sauf la pâleur des visages, firent l'éloge de l'extraordinaire beauté et bonté d'Amalia. Certains me serrèrent avec une telle force et en versant des larmes si abondantes que j'oscillai entre une impression d'étouffement et une insupportable sensation d'humidité qui, de leur transpiration et de leurs larmes, se prolongeait jusqu'au pli de mon aine, à l'attache de mes cuisses. Pour la première fois je fus contente de la robe sombre que j'avais mise. J'allais m'éloigner quand l'oncle Filippo fit encore des siennes. Dans sa tête de septuagénaire, qui souvent confondait le passé et le présent, un détail devait avoir abattu des barrières déjà peu solides. Il commença de jurer en dialecte, d'une voix retentissante, à la stupéfaction de tout le monde, en agitant, frénétique, l'unique bras qu'il avait.

« Caserta, vous l'avez vu ? » demanda-t-il, le souffle court, tourné vers moi et mes sœurs. Et il répéta à plusieurs reprises ce nom connu, un son menaçant de l'enfance qui me mit mal à l'aise. Puis, cramoisi, il ajouta : « Sans retenue. A l'enterrement d'Amalia. Si ton père était là, il le tuait. »

Je ne voulais pas entendre parler de Caserta, pur agrégat d'anxiété infantile. Je fis semblant de rien et je cherchai à le calmer, mais il ne m'entendit même pas. Au contraire, de son unique bras il me serra avec agitation, comme s'il voulait me consoler de l'affront causé par ce nom. Alors je m'esquivai sans me gêner, je promis à mes sœurs que j'arriverais au cimetière à temps pour la cérémonie de la sépulture et je retournai sur la place. D'un pas rapide je cherchai un bar. Je demandai les toilettes et je m'enfonçai vers l'arrière-salle, dans un cabinet puant à la cuvette crasseuse et au lavabo jaunâtre.

Le flux de sang était abondant. J'eus une sensation de nausée et un léger vertige. Dans la pénombre, je vis ma mère, jambes écartées, qui dégrafait une épingle de nourrice, se détachait du sexe, comme si elles y avaient été collées, des bandes de lin ensanglantées, se tournait sans surprise et me disait avec calme : « Sors. Qu'est-ce que tu fais ici ? » J'éclatai en larmes, pour la première fois depuis de nombreuses années. Je pleurai en frappant d'une main le lavabo presque à intervalles fixes, comme pour donner un rythme aux larmes. Quand je m'en rendis compte, je m'arrêtai, me nettoyai du mieux que je pus avec des kleenex et sortis pour trouver une pharmacie.

C'est alors que je le vis pour la première fois. « Je peux vous être utile ? » me demanda-t-il quand je me heurtai à lui : quelques secondes, le temps de sentir contre mon visage l'étoffe de sa chemise, de remarquer le capuchon bleu du stylo qui dépassait de la poche de sa veste et, dans le même instant, d'enregistrer le ton incertain de la voix, une odeur agréable, la peau vide du cou, une masse épaisse de cheveux blancs parfaitement en ordre.

« Vous savez où il y a une pharmacie ? » demandai-je, mais sans même le regarder, tant je m'appliquais à un écart rapide destiné à abolir tout contact.

« Sur le corso Garibaldi », me répondit-il tandis que je rétablissais un minimum de distance entre la tache compacte de son corps osseux et moi. Maintenant il était comme collé, avec sa chemise blanche et sa veste sombre, à la façade de l'Albergo dei Poveri. Je le vis pâle, bien rasé, sans aucun étonnement dans son regard qui ne me plut pas. Je le remerciai presque du bout des lèvres et je filai dans la direction qu'il m'avait indiquée.

Il me poursuivit de la voix qui, de courtoise, se changea en un sifflement pressant et de plus en plus vulgaire. Je fus rejointe par un torrent d'obscénités en dialecte, un courant uni de sons qui m'entraîna dans un mélange de sperme, salive, excréments, urine, à l'intérieur de toute espèce d'orifices, moi, mes sœurs, ma mère.

Je me retournai d'un coup, d'autant plus stupéfaite que les insultes étaient sans motif. Mais l'homme n'était plus là. Peut-être avait-il traversé la rue et s'était-il perdu au milieu des voitures, peut-être avait-il tourné au coin vers Sant'Antonio Abate. Lentement j'attendis que les battements de mon cœur retrouvent leur régularité et que se dissipe une désagréable pulsion homicide. J'entrai dans la pharmacie, j'achetai un paquet de tampons et je retournai au bar.

III

J'arrivai au cimetière en taxi, juste à temps pour voir le cercueil descendre dans une vasque de pierre grise, qui fut ensuite remplie de terre. Mes sœurs partirent aussitôt après la sépulture, en automobile, avec leur mari et leurs enfants. Elles ne voyaient plus l'heure de revenir chez elles et d'oublier. Nous nous embrassâmes en promettant de nous revoir bientôt, mais en sachant qu'il n'en serait rien. Nous échangerions, au mieux, quelques coups de fil pour mesurer d'une fois sur l'autre le taux croissant d'étrangeté réciproque. Depuis des années nous vivions toutes les trois dans des villes différentes, chacune avec sa vie et un passé en commun qui ne nous plaisait pas. Les rares fois où nous nous voyions, tout ce que nous avions à nous dire, nous préférions le taire.

Restée seule, je pensai que l'oncle Filippo m'inviterait chez lui comme je l'avais été les jours précédents. Mais il n'en fit rien. Dans la matinée je lui avais annoncé que je devais aller chez ma mère emporter le peu d'objets de valeur sentimentale, résilier le contrat de location, de l'électricité, du gaz, du téléphone ; et il avait probablement pensé qu'il était inutile de m'inviter. Il s'éloigna sans me saluer, le dos voûté, le pas traînant, usé par l'artériosclérose et par cette remontée soudaine de vieilles rancœurs qui lui faisaient vomir des insultes fantaisistes.

Ainsi je fus oubliée dans la rue. La foule des parents s'était retirée vers les banlieues d'où elle était venue. Ma mère avait été enterrée par des croque-morts sans éducation au fond d'un sous-sol puant les cierges et les fleurs pourries. J'avais mal aux reins et des crampes au ventre. Je me décidai sans enthousiasme : je rasai le mur chauffé à blanc du Jardin botanique jusqu'à la piazza Cavour, dans un air qu'alourdissaient encore les gaz d'échappement des voitures et le bourdonnement de sonorités dialectales que je déchiffrais à contrecœur.

C'était la langue de ma mère que j'avais cherché inutilement à oublier en même temps que tellement d'autres choses à elle. Quand nous nous voyions chez moi ou que je venais à Naples pour des visites éclair d'une demi-journée, elle se forçait à emprunter un laborieux italien, et moi, avec ennui, juste pour l'aider, je glissais au dialecte. Pas un dialecte joyeux ou nostalgique : un dialecte sans naturel, utilisé de façon maladroite, prononcé péniblement comme une langue étrangère mal connue. Dans les sons que j'articulais avec malaise, il y avait l'écho des disputes violentes entre Amalia et mon père, entre mon père et ses parents à elle, entre elle et les parents de mon père. Ça me devenait insupportable. Vite je revenais à mon italien et elle s'arrangeait avec son dialecte. Maintenant qu'elle était morte et que j'aurais pu l'effacer à jamais en même temps que la mémoire qu'il véhiculait, l'entendre dans mes oreilles me causait de l'anxiété. Je m'en servis pour acheter une pizza frite fourrée de ricotta. Après des jours de jeûne presque complet, je mangeai avec goût, debout, en errant à travers les jardins défaits aux lauriers-roses rachitiques et en fouillant des yeux du côté des nombreux petits vieux disposés en cercle. Le va-et-vient obsédant des gens et des autos derrière les jardins me décida à monter chez ma mère.

L'appartement d'Amalia était situé au troisième étage d'un vieil édifice bardé d'étais en tubes Innocenti. L'immeuble appartenait à ces constructions du centre historique semi-désertes la nuit et habitées le jour par ces employés qui renouvellent des licences, procurent des certificats de naissance ou de résidence, interrogent des ordinateurs pour des réservations ou des billets d'avion, train et bateau, concluent des polices d'assurance pour vol incendie maladie mort, rédigent de complexes déclarations de revenus. Les locataires habituels étaient peu nombreux mais quand mon père il y a plus de vingt ans — au moment où Amalia lui avait dit qu'elle voulait se séparer de lui et où nous, ses filles, nous l'avions fermement soutenue dans ce choix — nous avait chassées toutes les quatre de la maison, c'est là que par chance nous avions trouvé un petit appartement à louer. Le bâtiment ne m'avait pas plu. Il m'inquiétait à la façon d'une prison, d'un tribunal ou d'un hôpital. Ma mère au contraire en était contente : elle le trouvait majestueux. En fait il était laid et crasseux dès sa grande porte cochère qui, régulièrement, était forcée chaque fois que le syndic faisait réparer la serrure. Les battants étaient poussiéreux, noircis par les gaz d'échappement, avec de grands pommeaux de cuivre jamais astiqués depuis le début du siècle. Dans le long passage caverneux qui débouchait sur une cour intérieure, il y avait toujours quelqu'un qui stationnait : étudiants, passants attendant l'autobus qui s'arrêtait à trois mètres de là, vendeurs de briquets, de mouchoirs en papier, d'épis de maïs ou de marrons grillés, touristes accablés de chaleur ou s'abritant de la pluie, hommes louches de toutes races en perpétuelle contemplation des vitrines qui flanquaient les deux murs. Ces derniers, en général, trompaient l'attente de je ne sais quoi en scrutant les photos d'un photographe plus tout jeune qui avait son studio dans l'immeuble : mariés en vêtements de cérémonie, jeunes filles souriantes et lumineuses, jeunes hommes en uniforme, l'air effronté. Des années auparavant, l'espace de deux jours, une photo d'identité d'Amalia avait aussi été exposée. C'est moi qui avais intimé au photographe l'ordre de la retirer, avant que mon père passant par là ne fît un esclandre et ne fracassât la vitrine.

Les yeux baissés, je traversai la cour intérieure et je gravis le petit perron qui menait à la porte vitrée de l'escalier B. Le concierge était absent et j'en fus contente. J'entrai en hâte dans l'ascenseur. C'était le seul endroit de ce gros immeuble qui me plût. En général, je n'aimais pas ces sarcophages de métal qui montaient à toute allure ou se précipitaient à peine le bouton touché, ouvrant un trou dans l'estomac. Mais celui-ci avait des parois de bois, des portes aux vitres bordées d'arabesques grises, des poignées de cuivre travaillées, deux élégantes banquettes en vis-à-vis, un miroir, une lumière tamisée ; et il s'ébranlait dans un concert de grincements, réglé sur une reposante lenteur. Un appareil à jetons des années cinquante, au ventre large et au bec arqué tourné vers le plafond, prêt à avaler les pièces de monnaie, émettait un hoquet métallique à chaque étage. Depuis longtemps la cabine se mettait en route par simple pression d'un bouton et l'appareil était resté inutilement cloué sur la cloison de droite. Mais, tout en troublant la calme vétusté de cet espace, l'appareil à jetons, dans son abstinente vacuité, ne me déplaisait pas.

Je m'assis sur une banquette et je fis ce que, jeune fille,

je faisais chaque fois que j'avais besoin de me calmer : au lieu d'appuyer sur le numéro trois, je me laissai transporter jusqu'au cinquième étage. Ce lieu était resté vide et noir depuis que, il y a bien des années, l'avocat dont le cabinet se trouvait là était parti en emportant aussi le lumignon du palier. Quand l'ascenseur s'arrêta, j'attendis que mon souffle glissât dans mon ventre et remontât ensuite lentement jusqu'à ma gorge. Comme toujours, au bout de quelques secondes, la lumière de l'ascenseur s'éteignit aussi. Je pensai à allonger la main vers la poignée de l'un des deux battants : il suffisait de tirer et la lumière reviendrait. Mais je ne bougeai pas et je continuai d'envoyer mon souffle au fond de mon corps. On entendait seulement les vers qui dévoraient le bois de l'ascenseur.

A peine quelques mois plus tôt (cinq, six ?), sur une impulsion soudaine, j'avais révélé à ma mère, au cours d'une de mes brèves visites, que, adolescente, je me réfugiais dans ce lieu secret et je l'avais entraînée là-haut. Peut-être voulais-je chercher à établir entre nous une intimité qui n'avait jamais existé, peut-être voulais-je confusément lui faire savoir que j'avais toujours été malheureuse. Mais elle m'était apparue seulement très amusée que je fusse ainsi restée suspendue sur le vide, dans un ascenseur branlant.

« As-tu jamais eu un homme durant toutes ces années ? » lui avais-je alors demandé à brûle-pourpoint. Je voulais dire : avait-elle jamais eu un amant, après avoir quitté mon père ? C'était une question parfaitement anormale, parmi les questions possibles entre nous depuis que j'étais enfant. Mais son corps, assis à quelques centimètres du mien sur la banquette de bois, n'avait manifesté aucune gêne. Pas même sa voix, qui avait été assurée et nette : non. Pas un seul signe qui pût m'amener à penser qu'elle mentait. Aussi n'avais-je eu aucun doute. Elle mentait.

« Tu as un amant », lui avais-je dit sur un ton glacé.

La réaction avait été exagérée par rapport à ses attitudes toujours très contenues. Elle avait remonté sa robe jusqu'à la taille, en découvrant une culotte rose haute et distendue. Ricanante, elle avait dit quelque chose de confus sur la chair molle, le ventre qui tombe, en répétant : « Touche là », et en cherchant à me prendre une main pour la porter sur son ventre blanc et gonflé.

Je m'étais reculée et j'avais posé ma main sur mon cœur pour en calmer les battements très rapides. Elle avait fait retomber le pan de sa robe qui cependant lui laissait les jambes découvertes, jaunes dans la lumière de l'ascenseur. Je m'étais repentie de l'avoir amenée en haut de mon refuge. Surtout, j'avais désiré qu'elle se couvrît. « Sors », lui avais-je dit. Elle l'avait vraiment fait : elle ne me disait jamais non. Il avait suffi d'un seul pas au-delà des portes ouvertes et elle avait disparu dans le noir. A me sentir seule dans la cabine, j'avais éprouvé un certain plaisir serein. Sans réfléchir à mon geste, j'avais fermé les portes. Une ou deux secondes, et la lumière de l'ascenseur s'était éteinte.

« Delia », avait murmuré ma mère, mais sans alarme. Elle ne s'alarmait jamais en ma présence et même à cette occasion il m'avait semblé que, par une vieille habitude, au lieu de chercher à être rassurée, elle cherchait à me rassurer.

J'étais restée un petit moment à savourer mon prénom comme un écho de la mémoire, une abstraction qui résonne sans sonorité dans la tête. On aurait dit la voix, depuis longtemps immatérielle, de l'époque où elle me cherchait à travers la maison et ne me trouvait pas.

Maintenant j'étais là et je tentais d'effacer à la hâte l'évocation de cet écho. Mais je gardai l'impression de ne pas être seule. J'étais épiée, non par cette Amalia des mois précédents, qui désormais était morte, mais par moi-même, sortie sur le palier pour me voir assise là. Je me détestais, quand ça arrivait. Je ressentis une certaine honte à me découvrir muette dans la cabine d'un autre temps, suspendue entre le vide et le noir, cachée comme dans un nid sur la branche d'un arbre, la longue queue des cordes d'acier pendant du corps de l'ascenseur avec lassitude. J'allongeai la main vers la porte et je tâtonnai un peu avant de trouver la poignée. Le noir reflua au-delà des vitres ornées d'arabesques.

Je le savais depuis toujours. Il y avait une ligne que je n'arrivais pas à franchir, quand je pensais à Amalia. Peut-être étais-je là pour arriver à la franchir. Je m'en effrayai, appuyai sur le numéro trois et l'ascenseur eut un soubresaut bruyant. En grinçant il se mit à descendre vers l'appartement de ma mère.

IV

Je demandai les clefs à sa voisine de palier, la veuve De Riso. Elle me les donna mais refusa résolument d'entrer avec moi. Elle était grasse et soupçonneuse, avec, sur la joue gauche, un gros grain de beauté qu'occupaient deux longs poils gris, et ses cheveux étaient rassemblés en deux bandes sur la nuque dans un fouillis de tresses. Elle était habillée de noir, comme d'ordinaire peut-être, ou peut-être parce qu'elle portait encore sur elle la robe de l'enterrement. Elle resta sur le seuil de son appartement à me regarder choisir les bonnes clefs. Mais la porte n'était pas fermée avec soin. Contrairement à son habitude, Amalia n'avait utilisé qu'une seule des deux serrures, celle qui avait deux tours. De l'autre, qui en comportait cinq, elle ne s'était pas servie.

« Comment ça se fait ? » demandai-je à la voisine en ouvrant grand la porte.

La veuve De Riso hésita. « Elle avait un peu la tête ailleurs », dit-elle, mais elle dut juger l'expression peu respectueuse car elle ajouta : « Elle était contente. » Ensuite elle hésita encore : on voyait qu'elle aurait volontiers cancané mais elle craignait le fantôme de ma mère qui flottait dans la cage de l'escalier, dans l'appartement, et sûrement aussi chez elle. Je l'invitai de nouveau à entrer en espérant qu'elle me tiendrait compagnie avec ses bavardages. Elle refusa net en frissonnant et elle roula des yeux rouges.

« Pourquoi était-elle contente ? » demandai-je.

Elle hésita encore et puis elle se décida.

« Depuis quelque temps un monsieur grand, très bien, venait la voir... »

Je la fixai avec hostilité. Je décidai qu'il ne me convenait pas qu'elle allât plus loin.

« C'était son frère », dis-je.

La veuve De Riso plissa les yeux, offensée : ma mère et elle étaient amies depuis très longtemps et elle connaissait parfaitement l'oncle Filippo. Qui n'était ni grand ni particulièrement bien.

« Son frère, scanda-t-elle avec une fausse condescendance.

— Non ? » demandai-je, agacée par ce ton. Elle me salua froidement et ferma la porte.

Quand on entre dans la maison de quelqu'un qui vient de mourir, il est difficile de la croire déserte. Les maisons ne conservent pas de fantômes mais retiennent les effets des derniers gestes de vie. D'abord, j'entendis le ruissellement de l'eau qui venait de la cuisine et, pendant une fraction de seconde, dans une torsion brusque du vrai et du faux, je pensai que ma mère n'était pas morte, que sa mort avait seulement été l'objet d'une longue et angoissante rêverie commencée Dieu sait quand. Je fus certaine qu'elle était dans la maison, vivante, debout devant l'évier, qui faisait la vaisselle en se parlant à voix basse. Mais les volets étaient clos, l'appartement était dans l'obscurité. J'allumai la lumière et je vis le vieux robinet de laiton qui dégorgeait son eau en abondance dans l'évier vide.

Je le fermai. Ma mère appartenait à une culture en

déclin qui ne concevait pas les gaspillages. Elle ne jetait pas le pain sec; du fromage elle utilisait même la croûte en la faisant cuire avec la soupe pour la parfumer; elle n'achetait presque jamais de viande mais elle demandait, dans les déchets du boucher, des os pour en tirer du bouillon et elle les suçait comme s'ils avaient contenu des substances miraculeuses. Jamais elle n'aurait oublié le robinet ouvert. Elle utilisait l'eau avec une parcimonie qui s'était transformée en réflexe du geste, de l'oreille, de la voix. Si, jeune fille, je laissais couler ne fût-ce qu'un silencieux filet d'eau, tendu vers le fond de l'évier comme une aiguille à tricoter, l'instant d'après elle me criait, sans reproche : « Delia, le robinet. » Je me sentis inquiète : elle avait gaspillé plus d'eau, par cette distraction de ses dernières heures de vie, que dans toute son existence. Je la vis flotter, le visage tourné vers le bas, suspendue au centre de la cuisine, sur le fond des faïences bleu pâle.

Je changeai de décor sans tarder. Je fis le tour de la chambre à coucher en recueillant dans un sac de plastique le peu de choses auxquelles elle avait tenu : l'album des photos de famille, un bracelet, une vieille robe d'hiver qui remontait aux années cinquante et qui me plaisait à moi aussi. Le reste, même des fripiers n'en auraient pas voulu. Les rares meubles étaient vieux et laids, son lit ne se composait que du sommier et du matelas, les draps et les couvertures étaient raccommodés avec une application qu'ils ne méritaient pas, vu leur âge. Par contre, je fus frappée de trouver vide le tiroir où elle rangeait d'habitude sa lingerie intime. Je cherchai le sac de linge sale et je regardai dedans. Il n'y avait rien d'autre qu'une chemise d'homme de bonne qualité.

Je l'examinai. C'était une chemise bleu ciel, de taille moyenne, achetée récemment et choisie par un homme jeune ou jeune de goût. Le col était sale mais l'odeur du tissu n'était pas désagréable : la transpiration s'était mêlée à une bonne marque de déodorant. Je la repliai avec soin et je la mis dans le sac de plastique avec le reste. Ce n'était pas le genre de vêtement que portait l'oncle Filippo.

Je passai dans la salle de bains. Il n'y avait ni brosse à dents ni dentifrice. A la porte pendait son vieux peignoir bleu. Le papier hygiénique touchait à sa fin. Près de la cuvette des w.-c. le sac de poubelle était plein à moitié. Dedans, il n'y avait pas de déchets; mais en revanche ce relent de corps fatigué que retient le linge sale ou fait de tissu vieilli, imprégné dans toutes ses fibres des humeurs de dizaines et dizaines d'années. Je commençai d'extraire, sous-vêtement après sous-vêtement, avec un léger dégoût, toute la lingerie intime de ma mère : de vieilles culottes blanches et roses, avec beaucoup de reprises et des élastiques d'autrefois qui apparaissaient ici et là dans l'étoffe décousue, tels des rails dans les intervalles entre un tunnel et l'autre; des soutiens-gorge déformés et élimés; des maillots de corps troués; de ces élastiques pour maintenir les bas, qu'on n'utilisait plus depuis quarante ans et qu'elle conservait inutilement; des collants dans un état pitoyable; des combinaisons hors mode et hors commerce depuis longtemps, décolorées, à la dentelle jaunie.

Amalia, qui s'était toujours habillée de vieilles nippes par pauvreté mais aussi par cette habitude de ne pas se rendre attrayante, qu'elle avait acquise de nombreuses décennies auparavant pour apaiser la jalousie de mon père, semblait avoir décidé à l'improviste de se débarrasser de toute sa garde-robe. Me revint à l'esprit le seul vêtement qu'elle portait sur elle quand on l'avait repêchée : le soutien-gorge raffiné, flambant neuf, avec les trois V qui reliaient les bonnets. L'image de ses seins serrés dans cette dentelle accrut l'inquiétude que j'éprouvais. Je laissai les vêtements sur le carrelage, sans avoir la force de retourner les toucher, je fermai la porte et m'y adossai.

Mais inutilement : la salle de bains tout entière fit un bond par-dessus ma tête et se reconstitua devant moi, dans le couloir : maintenant Amalia était assise sur la cuvette des w.-c. et elle me regardait avec attention tandis que je m'épilais. Je m'enduisais les chevilles d'une croûte de cire brûlante pour ensuite, en gémissant, la décoller énergiquement de la peau. Elle, pendant ce temps, me racontait que, lorsqu'elle était jeune fille, elle avait coupé le duvet noir de ses chevilles avec des ciseaux. Mais les poils des chevilles lui étaient aussitôt repoussés plus durs que les nœuds d'un fil de fer barbelé. A la mer aussi, avant de se mettre en maillot, elle se raccourcissait les poils du pubis avec des ciseaux.

Je lui imposai ma cire épilatoire malgré ses résistances. Je lui étalai avec soin la cire sur les chevilles, sur la partie interne des cuisses maigres et fermes, sur l'aine, tout en lui reprochant avec une âpreté immotivée son jupon reprisé. Puis j'arrachai la croûte de cire pendant qu'elle m'observait sans ciller. Je le fis sans ménagement, comme si j'avais voulu la mettre à l'épreuve de la douleur, et elle me laissa faire sans broncher comme si elle avait accepté l'épreuve. Mais la peau ne résista pas. Elle devint d'abord rouge feu puis aussitôt après violacée, en révélant un réseau de vaisseaux capillaires éclatés. « Ça ne fait rien, dit-elle, ça va passer », tandis que je regrettais mollement l'état où je l'avais réduite.

Je le regrettais plus intensément aujourd'hui, en même temps que, par un effort de la volonté, je cherchais à repousser la salle de bains derrière la porte contre laquelle j'appuyais les épaules. Pour le faire, je me détachai de la porte, je laissai pâlir dans le couloir l'image de ses jambes livides et j'allai prendre mon sac à la cuisine. Quand je revins dans la salle de bains, je choisis avec soin parmi les culottes qui s'étalaient sur le carrelage celle qui me sembla la moins mal en point. Je me lavai et changeai de tampon. Je laissai mon slip par terre, avec ceux d'Amalia. Passant devant le miroir, sans le vouloir je me souris pour me tranquilliser.

Je restai je ne sais combien de temps à côté de la fenêtre de la cuisine, à écouter le brouhaha de la ruelle, l'agitation des scooters, les piétinements incessants sur le pavé. La rue exhalait une odeur d'eau stagnante qui grimpait le long des tubes Innocenti. J'étais très fatiguée mais je ne voulais pas m'étendre sur le lit d'Amalia ni appeler à l'aide l'oncle Filippo, ou téléphoner à mon père, ou chercher encore la veuve De Riso. J'avais de la peine pour ce monde de vieux égarés, perdus entre des images d'eux-mêmes qui dataient d'époques révolues, tantôt en accord, tantôt en lutte avec des ombres de choses et de personnes du temps passé. Cependant j'avais du mal à me tenir en marge. J'étais tentée de raccorder voix à voix, chose à chose, fait à fait. Maintenant, déjà, je sentais revenir Amalia, qui voulait observer comment je m'enduisais de crème, comment je me maquillais ou me démaquillais. Déjà je commençais de m'imaginer avec rancœur une vieillesse secrète à elle où elle jouait avec son corps toute la journée, comme elle l'aurait peut-être fait dans sa jeunesse si mon père n'avait pas lu dans ces jeux un désir de plaire aux autres, une préparation à l'infidélité.

V

Je ne dormis pas plus de deux heures, d'un sommeil sans rêve. Quand j'ouvris les yeux, la chambre était sombre et de la fenêtre ouverte parvenait seulement la lueur nébuleuse des réverbères qui se découpait au plafond. Amalia était là-haut comme un papillon de nuit, jeune, autour de vingt ans peut-être, serrée dans une robe de chambre verte, avec un ventre gonflé de grossesse avancée. Quoique son visage fût serein, elle se traînait sur le dos en tordant convulsivement son corps dans un spasme de douleur. Je fermai les yeux pour lui donner le temps de se détacher du plafond et de retourner dans la mort; puis je les rouvris et je regardai ma montre. Il était deux heures dix. Je me rendormis, mais pour quelques minutes. Ensuite, je passai à une torpeur saturée d'images qui commencèrent, sans que je le veuille, à me parler de ma mère.

Amalia, dans mon demi-sommeil, était une femme brune et poilue. Ses cheveux, même si maintenant elle était vieille, même si le sel marin les avait fanés, luisaient sur elle comme la peau d'une panthère et ils étaient épais, ils poussaient les uns contre les autres sans s'ouvrir au vent. Ils sentaient le savon à lessive, pas le savon sec avec un escalier imprimé à sa surface. Ils sentaient le savon liquide, le marron, qu'on achetait dans un sous-sol dont je me rappelais, dans les narines et la gorge, l'irritation de la poussière.

Ce savon, c'était un homme gras et glabre qui le vendait. Il en prenait avec une palette et il le collait sur un papier jaune et épais en y déposant, en même temps, une bouffée de transpiration et de DDT. Je courais hors d'haleine chez Amalia, tenant le cornet de papier et, les joues gonflées, soufflant dessus pour en chasser les odeurs du sous-sol et de cet homme; je cours de même à présent, ma joue contre le coussin où a dormi ma mère, bien que tant de temps ait passé. Et elle, me voyant arriver, déjà dénoue ses cheveux qui se défont comme si elle les avait sculptés en volutes sur son front et que l'ébène de sa coiffure changeait de structure moléculaire sous ses mains.

Les cheveux étaient longs. Amalia n'en finissait jamais de les dénouer et, pour les laver, le savon ne suffisait pas, il fallait le récipient entier de l'homme qui le vendait dans le sous-sol, en bas des marches blanchies par la cendre ou la lessive. Je soupçonnais que parfois ma mère, échappant à ma surveillance, allait les plonger directement dans le bidon, avec la complicité de l'homme du magasin. Puis elle se tournait joyeusement vers moi, le visage mouillé, l'eau du robinet de chez nous lui ruisselant sur la nuque, les cils et les pupilles noirs, les sourcils dessinés au charbon, à peine bistrés par la mousse qui, en arc de cercle sur le front, se brisait en gouttes d'eau et de savon. Les gouttes dégoulinaient, le long du nez, vers la bouche, jusqu'à ce qu'elle les capturât de sa langue rouge, et il me semblait qu'elle disait : « Bonnes. »

Je ne savais pas comment elle faisait pour être en même temps dans deux espaces différents, pour entrer complètement dans le bidon à savon, là au sous-sol, en combinaison bleu pâle, avec les cordelettes de ses bretelles qui lui retombaient des épaules sur les bras; et simultanément s'abandonner à l'eau de notre cuisine, qui continuait de revêtir d'un vernis liquide la masse de ses cheveux. A coup sûr je l'avais rêvée ainsi les yeux ouverts, comme je le faisais maintenant pour la énième fois, et pour la énième fois j'en éprouvais un douloureux malaise.

De fait l'homme gras ne se contentait pas de rester là à regarder. L'été, il traînait le bidon en plein air. Il était torse nu, cuit par le soleil, il avait un mouchoir blanc serré autour du front. Il touillait dans le récipient avec un long bâton et, tout suant, il entortillait la masse brillante des cheveux d'Amalia. Pendant ce temps, le rouleau compresseur pétaradait un peu plus loin et il avançait lentement avec son grand cylindre de pierre grise. Un autre homme le conduisait, trapu et musclé, le torse nu lui aussi, les poils des aisselles bouclés par la sueur. Il portait un pantalon colonial déboutonné de façon à montrer, assis, à la hauteur du ventre, une effrayante cavité et, bien installé sur le siège du véhicule, il contrôlait comment, du bidon incliné, glissait le goudron dense et brillant des cheveux d'Amalia qui, en se répandant sur la blocaille, soulevait des vapeurs et faisait onduler l'air. Les cheveux de ma mère étaient de la poix et ils se dispersaient en poils et en duvets luxuriants qui s'intensifiaient aux endroits interdits du corps. Interdits pour moi : elle ne me permettait pas de la toucher. Elle cachait son visage en y renversant le rideau de sa chevelure et elle offrait sa nuque au soleil pour la sécher.

Quand le téléphone sonna, elle redressa la tête d'un coup, si bien que ses cheveux mouillés, du carrelage, volèrent en l'air, léchèrent le plafond et lui retombèrent sur le dos avec un claquement qui me réveilla tout à fait. J'allumai la lumière. Je ne me souvenais pas où était l'appareil qui cependant continuait de sonner. Je le trouvai dans le couloir, un vieux téléphone des années soixante que je connaissais bien, fixé au mur. A mon « allô », une voix masculine m'appela Amalia.

« Je ne suis pas Amalia, dis-je. Qui est à l'appareil ? »

J'eus l'impression qu'au téléphone l'homme réprimait à grand-peine un éclat de rire. Il répéta :

« Je ne suis pas Amalia », d'une voix de fausset, et puis il reprit dans un dialecte serré : « Laisse-moi le sac de linge sale au dernier étage. Tu me l'avais promis. Et regarde bien : tu trouveras la valise avec tes affaires. Je te l'ai mise là.

— Amalia est morte, dis-je d'un ton tranquille. Qui es-tu ?

— Caserta », dit l'homme.

Le patronyme résonna comme résonne le nom de l'Ogre dans les contes.

« Je m'appelle Delia, répondis-je. Qu'y a-t-il au dernier étage ? Qu'est-ce que tu as à elle ?

— Moi, rien. C'est toi qui as quelque chose à moi », dit l'homme à nouveau d'une voix de fausset, en estropiant avec affectation mon italien.

« Viens donc ici, lui dis-je d'un ton persuasif, on en parle et tu prends ce qui te sert. »

Il y eut un long silence. J'attendis la réponse mais elle ne vint pas. L'homme n'avait pas raccroché : il avait simplement abandonné le récepteur et il était parti.

J'allai à la cuisine et je bus un verre d'eau, une eau épaisse, d'un goût horrible. Puis je retournai au téléphone et je composai le numéro de l'oncle Filippo. Au cinquième coup, il répondit et, sans que je réussisse à dire allô, il me hurla dans le téléphone des insultes de toute sorte.

« C'est moi, Delia », dis-je avec dureté. Je sentis qu'il faisait des efforts pour m'identifier. Quand il se souvint de moi, il se mit à bredouiller des excuses en m'appelant « ma fille » et en me demandant toutes les deux minutes si j'allais bien, où je me trouvais, ce qui s'était passé.

« Caserta m'a téléphoné », dis-je. Puis, avant qu'il ne reprît son chapelet de jurons, je lui intimai : « Calme-toi. »

VI

Après, je retournai dans la salle de bains. Du pied, je poussai mon slip sale derrière le bidet, je rassemblai la lingerie d'Amalia que j'avais éparpillée sur le carrelage et je la remis dans le sac de poubelle. Puis je sortis sur le palier. Je n'étais plus ni déprimée ni inquiète. Je fermai soigneusement la porte de la maison en utilisant les deux serrures et j'appelai l'ascenseur.

Une fois à l'intérieur, j'appuyai sur le cinquième. Au dernier étage, je laissai ouvertes les portes de l'ascenseur de sorte que l'espace sombre fût partiellement éclairé. Je découvris que l'homme avait menti : la petite valise de ma mère n'y était pas. Je pensai redescendre mais je changeai d'idée. Je disposai le sac de poubelle dans le rectangle de lumière laissé par l'ascenseur et ensuite je fermai la porte. Dans le noir, je choisis un coin du palier d'où je pourrais bien voir qui sortirait de l'ascenseur ou arriverait par l'escalier. Je m'assis sur le carrelage.

Cela faisait des dizaines d'années que pour moi Caserta était une ville de la hâte, un lieu de l'inquiétude où tout va plus vite qu'ailleurs. Pas la ville royale au parc du XVIIIe siècle, riche d'eaux en cascades où j'étais allée petite fille, le lundi après Pâques, parmi des foules de touristes, perdue dans le clan démesuré des parents, manger de la charcuterie de Secondigliano et des œufs cuits dans leur coquille à l'intérieur d'une pâte grasse et poivrée. De cette ville et de ce parc, les sept lettres retenaient seulement l'eau qui court vivement et le plaisir terrorisé de me perdre au milieu des cris d'appel de plus en plus éloignés. Par contre ce que mes émotions les moins traduisibles en mots enregistraient dans le mot de Caserta recelait surtout une nausée de ronde enfantine, la tête qui tourne et le manque d'air. Parfois, ce lieu, qui appartenait à la mémoire la moins fiable, était fait d'une volée d'escalier faiblement éclairée et d'une rampe en fer forgé. D'autres fois, c'était une tache de lumière coupée de barres et couverte d'un treillis serré, que j'observais tapie sous la terre, en compagnie d'un petit garçon du nom d'Antonio qui me tenait la main très fort. Les sons qui l'accompagnaient, telle la bande sonore d'un film, étaient pure confusion, éclats soudains, comme de choses d'abord ordonnées, qui tout à coup déraillent. L'odeur était celle de l'heure du déjeuner et du dîner, quand de chaque porte, par la cage de l'escalier, se mêlent les parfums des cuisines les plus variées, gâtés cependant par un relent de moisi et de toiles d'araignée. Caserta était un endroit où je ne devais pas aller, un bar avec une enseigne, une femme brune, des palmiers, des lions, des chameaux. Il avait la saveur des dragées dans les bonbonnières mais il était interdit d'y entrer. Si les petites filles le faisaient, elles n'en sortaient plus. Même ma mère ne devait pas y entrer, sinon mon père la tuait. Caserta était un homme, une silhouette d'étoffe sombre. La silhouette tournait suspendue à un fil, d'abord un tour d'un côté, puis un tour de l'autre côté. Il n'était pas permis de parler de lui. Souvent Amalia était poursuivie dans la maison, rejointe, frappée au visage d'abord avec le dos de la main, puis avec la paume, juste pour avoir dit : « Caserta ».

Cela, dans mes souvenirs les moins datables. Dans les plus nets, il y avait Amalia elle-même qui parlait en secret de lui, de cet homme-ville fait de cascades et de broussailles et de statues de pierre et de tableaux de palmiers avec des chameaux. Elle ne m'en parlait pas à moi, qui peut-être jouais sous la table avec mes sœurs. Elle en parlait aux autres, aux femmes qui avec elle fabriquaient des gants à domicile. J'avais dans certaines parties du cerveau des échos de phrases. Il m'en était resté une à l'esprit, très claire. Ce n'étaient même pas des mots, ça ne l'était plus; c'étaient des sons compacts matérialisés en images. Ce Caserta, disait ma mère, l'avait poussée dans un coin et il avait cherché à l'embrasser. Moi, en l'entendant, je voyais la bouche ouverte de l'homme, avec des dents très blanches et une langue longue et rouge. Sa langue dardait hors de ses lèvres, puis elle rentrait avec une rapidité qui m'hypnotisait. Dans les années de mon adolescence, je fermais les yeux exprès pour reproduire à plaisir cette scène en moi-même, et la contempler avec un mélange d'attraction et de répulsion. Mais je le faisais en me sentant coupable, comme quelque chose d'interdit. Dès alors, je savais que dans cette figure de l'imagination il y avait un secret qui ne pouvait être dévoilé, non qu'une part de moi-même ne sût comment y accéder, mais parce que, si je l'avais fait, l'autre partie aurait refusé de le nommer et m'aurait chassée.

Au téléphone, peu de temps auparavant, l'oncle Filippo m'avait dit certaines choses que déjà je connaissais confusément : lui en parlait et moi je savais. On pouvait les résumer ainsi : Caserta était un homme indigne. Dans sa jeunesse, il avait été son ami et celui de mon père. Avec mon père, après la guerre, ils avaient réussi à faire de bonnes affaires; il avait l'air d'un garçon net, sincère. Mais il avait posé les yeux sur ma mère. Et pas seulement sur elle : il était déjà marié, il avait un enfant, mais il harcelait toutes les femmes du quartier. Quand il s'avéra qu'il avait dépassé les bornes, mon oncle et mon père lui avaient donné une leçon. Et Caserta, avec sa femme et son enfant, était parti vivre ailleurs. Il avait conclu dans un dialecte lourd de menaces : « Il ne voulait pas se l'ôter de la tête. Alors nous lui avons fait passer l'envie pour toujours. »

Silence. J'avais vu du sang au milieu des hurlements et des insultes. Fantasmes sur fantasmes. Antonio, le petit garçon qui me tenait par la main, était tombé dans le vide, dans le fond le plus obscur du sous-sol. J'avais senti un instant la violence domestique de mon enfance et de mon adolescence, qui me revenait dans les yeux et dans les oreilles comme si elle coulait le long d'un fil qui nous reliait. Mais je m'étais rendu compte pour la première fois que, désormais, après tant d'années, c'était ce que je voulais.

« Je viens, avait proposé l'oncle Filippo.

— Que veux-tu que me fasse un vieux de soixante-dix ans ? »

Il s'était troublé. Avant de raccrocher, j'avais juré que je lui retéléphonerais si Caserta se manifestait de nouveau.

Maintenant j'étais sur le palier, à attendre. Une heure s'écoula au moins. Par la cage de l'escalier venait la clarté des lumières des autres étages qui me permettait, une fois habituée à l'obscurité, de contrôler tout l'espace. Il n'arriva rien. Vers quatre heures du matin seulement l'ascenseur eut un brusque soubresaut et le voyant passa du vert au rouge. La cabine se lança dans le vide.

D'un bond, je fus à la rampe : je la vis passer le quatrième étage et s'arrêter au troisième. Les portes s'ouvrirent et se fermèrent. Puis à nouveau le silence.

L'écho des vibrations émises par les cordes d'acier cessa lui aussi.

J'attendis un peu, cinq minutes peut-être; puis je descendis prudemment à l'étage inférieur. Il y avait une lumière jaunâtre : les trois portes qui donnaient sur le palier menaient aux bureaux d'une compagnie d'assurances. Je descendis une autre volée de marches en glissant autour de la machine arrêtée et sombre. Je voulais regarder à l'intérieur mais la surprise m'empêcha de le faire. La porte de ma mère était grande ouverte, les lumières étaient allumées. Juste sur le seuil, il y avait la petite valise d'Amalia et, à côté, son sac à main en cuir noir. D'instinct, j'allais me précipiter sur ces objets, mais j'entendis derrière moi le déclic de la porte vitrée de l'ascenseur. La lumière éclaira la cabine en me révélant un vieil homme, soigné, auquel un visage sombre et émacié sous la masse des cheveux blancs donnait quelque chose de beau. Il était assis sur une des banquettes de bois et il restait si immobile qu'il ressemblait à l'agrandissement d'une photo d'autrefois. Il me fixa pendant une seconde d'un regard amical, légèrement mélancolique. Puis la cabine prit son essor avec fracas.

Je n'eus aucun doute. C'était le même homme qui m'avait débité son chapelet d'obscénités pendant l'enterrement d'Amalia. Pourtant j'hésitai à le suivre en haut des escaliers : je pensai que je devais le faire mais je me sentis clouée au sol comme une statue. Je fixai les cordes de l'ascenseur jusqu'à ce qu'il s'arrêtât dans le vacarme des portes qui s'ouvraient et se fermaient à la hâte. Quelques secondes après, la cabine passa de nouveau devant moi. Avant de disparaître vers le rez-de-chaussée l'homme me montra en souriant le sac de poubelle qui contenait la lingerie de ma mère.

VII

J'étais forte, sèche, rapide et décidée; en plus, il me plaisait d'être sûre que je l'étais. Mais, dans cette circonstance, je ne sais pas ce qui se passa. Peut-être fut-ce la fatigue, peut-être l'émotion de trouver grande ouverte cette porte que j'avais soigneusement fermée. Peut-être fus-je éblouie par la maison avec les lumières allumées, par la petite valise et le sac de ma mère en évidence sur le seuil. Ou peut-être fut-ce autre chose. Ce fut la répulsion que j'éprouvai en percevant que l'image de ce vieil homme derrière les vitres de l'ascenseur ornées d'arabesques m'avait un instant semblé d'une trouble beauté. Ainsi, au lieu de le suivre, je restai immobile en m'efforçant d'en fixer les détails, même après que l'ascenseur eut disparu dans la cage de l'escalier.

Quand je m'en aperçus, je me sentis sans énergie, déprimée par la sensation de m'être humiliée devant cette partie de moi qui contrôlait toutes les éventuelles défaillances de l'autre. J'allai à temps à la fenêtre pour voir l'homme s'éloigner dans la ruelle sous la lumière des réverbères, marchant bien droit, d'un pas réfléchi mais non point difficile, tenant au bout du bras droit le sac bien tendu et détaché du corps, avec le fond de plastique noir qui rasait le pavé. Je retournai à la porte et je fus sur le point de m'élancer dans les escaliers. Mais je me rendis compte que la voisine, Mme De Riso, était apparue dans la bande de lumière verticale précautionneusement ouverte entre la porte et le chambranle.

Elle portait une longue chemise de nuit de coton rose et elle me regardait avec hostilité, le visage coupé par la chaînette qui devait empêcher les gens malintentionnés d'entrer. Sans aucun doute, elle était là depuis un bon moment, qui regardait à travers le judas et tendait l'oreille.

« Qu'est-ce qui se passe ? demanda-t-elle sur un ton agressif. Ça fait toute la nuit que tu t'agites. » J'allais lui répondre avec une égale agressivité mais je me souvins de son allusion à un homme que rencontrait ma mère et je pensai à temps que je devais me contenir si je voulais en savoir davantage. Cette allusion cancanière de l'après-midi qui m'avait agacée, j'étais maintenant forcée de désirer qu'elle prît la forme d'un bavardage circonstancié, d'un discours, dédommagement pour cette vieille femme seule qui ne savait comment tuer ses nuits.

« Ce n'est rien, dis-je en cherchant à maîtriser ma respiration, je n'arrive pas à dormir. »

Elle grommela quelque chose sur les morts qui ont du mal à s'en aller.

« La première nuit, ils ne laissent jamais dormir, dit-elle.

— Vous avez entendu des bruits ? Je vous ai dérangée ? demandai-je avec une politesse affectée.

— Je dors peu et mal, passé une certaine heure. En plus la serrure s'y est mise : tu n'as pas arrêté d'ouvrir et de fermer la porte.

— C'est vrai, lui répondis-je, je suis un peu nerveuse. Je

me suis imaginé que cet homme dont vous m'avez parlé était là sur le palier. »

La vieille comprit que j'avais changé de ton et que j'étais disposée à écouter ses ragots, mais elle voulut être sûre que je ne la repousserais pas de nouveau.

« Quel homme ? demanda-t-elle.

— Celui dont vous m'avez parlé... Celui qui venait ici, faire des visites à ma mère. Je pensais à lui et je me suis endormie...

— C'était un homme bien, qui mettait Amalia de bonne humeur. Il lui apportait des sfogliatelles, des fleurs. Quand il venait, je les entendais parler et rire sans arrêt. C'était elle surtout qui riait, d'un rire si fort qu'on l'entendait du rez-de-chaussée.

— Que se disaient-ils ?

— Je ne sais pas, je n'écoutais pas. Je m'occupe de mes affaires. »

J'eus un mouvement d'impatience.

« Mais Amalia n'en parlait jamais ?

— Si, admit la veuve De Riso, une fois que je les avais vus sortir de la maison ensemble. Elle me dit que c'était quelqu'un qu'elle connaissait depuis cinquante ans, quelqu'un qui était pour ainsi dire de la famille. Et si c'est comme ça, tu le connais toi aussi. Il était grand, maigre, avec les cheveux blancs. Ta mère le traitait presque comme si c'était son frère. Sans chichis.

— Comment s'appelait-il ?

— Je ne sais pas. Elle ne me l'a jamais dit. Amalia faisait comme ça lui chantait. Un jour elle me racontait ses histoires, même si je n'avais pas envie de les entendre, et le jour suivant elle ne me disait même pas bonjour. Pour les sfogliatelles, je le sais parce qu'ils ne les mangeaient pas toutes et elle me les donnait. Elle me donnait aussi les fleurs parce que le parfum lui faisait mal à la tête : elle avait toujours mal à la tête, dans les derniers mois. Mais quant à m'inviter et à me le présenter, ça jamais.

— Peut-être craignait-elle de vous mettre dans l'embarras.

— Mais non, elle voulait garder sa vie pour elle. Je l'ai compris et je me suis tenue à l'écart. N'empêche, je dois te dire qu'on ne pouvait pas se fier à ta mère.

— En quel sens ?

— Elle ne se conduisait pas comme il faut. Moi, ce monsieur, je l'ai entrevu seulement cette fois-là. C'était un beau vieillard, bien habillé, et quand je les ai rencontrés il s'est incliné légèrement devant moi. Elle, par contre, elle s'est tournée de l'autre côté et elle m'a dit une grossièreté.

— Peut-être avez-vous mal compris.

— J'ai parfaitement compris. La manie lui était venue de dire des obscénités, à voix haute, même quand elle était seule. Et puis elle se mettait à rire. Je l'entendais d'ici, de ma cuisine.

— Ma mère n'a jamais dit de gros mots.

— Elle en disait, elle en disait... A partir d'un certain âge, il faudrait un peu de retenue.

— C'est vrai », dis-je. Et me revinrent à l'esprit la petite valise et le sac sur le seuil de la maison. Je les ressentis comme des objets qui, par le trajet qu'ils devaient avoir fait, avaient perdu la dignité de choses appartenant à Amalia. Je voulais chercher à la leur restituer. Mais la vieille, encouragée par mes inflexions conciliantes, ôta la chaînette de la porte et vint sur le seuil.

« De toute façon, dit-elle, à cette heure je ne dors plus. »

Je craignis qu'elle ne voulût entrer et je me hâtai de me retirer vers l'appartement de ma mère.

« Moi, par contre, je vais essayer de dormir un peu », dis-je.

La veuve De Riso se rembrunit et renonça aussitôt à me suivre. Elle remit la chaîne à sa porte avec dépit.

« Amalia aussi voulait toujours venir chez moi, et chez elle, elle ne me laissait jamais entrer », bougonna-t-elle. Puis elle me ferma la porte au nez.

VIII

Je m'assis à même le sol et je commençai par la valise. Je l'ouvris mais je ne trouvai rien qui pût, de près ou de loin, appartenir à ma mère. Tout était flambant neuf : une paire de pantoufles roses, une robe de chambre de satin couleur poudre de riz, deux robes jamais portées, l'une d'une teinte rouille trop étroite et trop jeune pour elle, l'autre plus discrète, bleue, mais courte assurément, cinq slips de bonne qualité, un beauty-case de cuir marron rempli de parfums, déodorants, crèmes, produits de maquillage, démaquillants : elle qui ne s'était jamais maquillée de sa vie.

Je passai au sac à main. J'en sortis d'abord une culotte blanche en dentelle. Les trois V bien visibles sur le côté droit et la finesse du dessin me convainquirent aussitôt qu'elle accompagnait le soutien-gorge que portait Amalia quand elle s'était noyée. Je l'examinai attentivement : elle avait un petit accroc au côté gauche, comme si elle avait été portée en dépit de la taille visiblement plus petite que celle qui aurait convenu. Je sentis mon estomac se contracter et je retins ma respiration. Puis je retournai fouiller dans le sac, avant tout pour chercher les clefs de la maison. Naturellement je ne les trouvai pas. Par contre, je trouvai ses lunettes de presbyte, neuf jetons de téléphone et son portefeuille. Dans le portefeuille il y avait deux cent vingt mille lires (une somme considérable pour elle qui vivait avec le peu d'argent que nous, les trois sœurs, nous lui passions tous les mois), la quittance de l'électricité, sa carte d'identité rangée dans un étui de plastique, une vieille photo de moi et de mes sœurs en compagnie de notre père. La photo était abîmée. Ces images de nous d'il y a si longtemps étaient jaunies, traversées de fendillements comme, sur certains retables, les figures des démons ailés que les fidèles ont griffées avec des objets pointus.

Je laissai la photo sur le sol et je me soulevai en luttant contre une nausée croissante. Je cherchai partout un annuaire et, quand je l'eus trouvé, je regardai tout de suite à Caserta. Je ne voulais pas lui téléphoner : je voulais son adresse. Quand je découvris que, des Caserta, il y en avait trois feuilles pleines, je réalisai aussi que j'ignorais son prénom : personne, au cours de mon enfance, ne l'avait jamais appelé autrement que Caserta. Alors je jetai l'annuaire dans un coin et j'allai dans la salle de bains. Là, je ne parvins plus à retenir mes haut-le-cœur et durant quelques secondes je craignis que tout mon corps ne se déchaînât contre moi, avec une furie autodestructrice que j'avais toujours redoutée depuis mon enfance et qu'en grandissant j'avais cherché à dominer. Puis je me calmai. Je me rinçai la bouche et me lavai soigneusement le visage. À le voir pâle et défait dans le miroir incliné sur le lavabo, je décidai soudain de me maquiller.

C'était une réaction inhabituelle. Je ne me maquillais ni souvent ni volontiers. Je l'avais fait jeune fille mais depuis quelque temps je ne le faisais plus : il ne me semblait pas que le maquillage m'avantageait. Mais en cette occasion il me parut que j'en avais besoin. Je pris le beauty-case dans la valise de ma mère, je retournai dans la salle de bains, je l'ouvris, j'en tirai un pot rempli de crème hydratante qui avait gardé en surface l'empreinte timide du doigt d'Amalia. J'effaçai cette trace d'elle avec la mienne et j'en utilisai à profusion. Je m'appliquai la crème sur le visage avec ardeur, en me lissant les joues. Puis je recourus à la poudre et je me voilai opiniâtrement la figure.

« Tu es un fantôme », dis-je à la femme dans le miroir. Ses traits étaient d'une personne sur les quarante ans, elle fermait d'abord un œil, et puis l'autre, et sur chacun elle passait un crayon noir. Elle était maigre, aiguë, avec des pommettes marquées, miraculeusement sans rides. Elle avait des cheveux coupés très court afin d'en laisser le moins possible voir la couleur corvine qui, du reste, se décolorait pour finir avec soulagement en gris, et s'apprêtait à disparaître à jamais. Je passai le mascara.

« Je ne te ressemble pas », lui murmurai-je tandis que je me mettais un peu de fard. Et, pour ne pas être démentie, je cherchai à ne pas la regarder. C'est ainsi que, dans le miroir, je remarquai le bidet. Je me retournai pour comprendre ce qui manquait à cet ustensile d'un vieux modèle, aux énormes robinets entartrés, et quand je le réalisai, je fus prise d'une envie de rire : Caserta avait aussi emporté avec lui le slip taché de sang que j'avais laissé sur le carrelage.

IX

Le café était presque prêt quand j'arrivai chez l'oncle Filippo. Avec un seul bras, il réussissait mystérieusement à tout faire. Il possédait une petite machine à café très ancienne, de celles qu'on utilisait avant que la Moka n'envahît toutes les maisons. C'était un cylindre de métal à bec qui, démonté, se composait de quatre éléments : un récipient pour faire bouillir l'eau, un filtre, le couvercle correspondant vissable et percé de tout petits trous, une cafetière. Quand il me fit entrer à la cuisine, l'eau chaude passait déjà dans la cafetière et il se répandait dans l'appartement une forte odeur de café.

« Comme tu es bien », me dit-il, mais je ne crois pas qu'il faisait allusion au maquillage. Il ne m'avait jamais semblé en mesure de distinguer une femme maquillée d'une femme qui ne l'était pas. Il voulait seulement dire que j'avais particulièrement bonne mine ce matin-là. De fait, tout en buvant à petites gorgées le café bouillant, il ajouta : « De vous trois, tu es celle qui ressemble le plus à Amalia. »

J'esquissai un sourire. Je ne voulais pas l'alarmer en lui racontant ce qui m'était arrivé au cours de la nuit. Et je ne voulais pas davantage me mettre à discuter de ma ressemblance avec Amalia. Il était sept heures du matin et j'étais fatiguée. Une demi-heure avant, j'avais traversé une via Foria semi-déserte, aux sonorités encore si légères qu'il était possible d'entendre chanter les oiseaux. Il y avait un air frais, pur en apparence, et une lumière brumeuse qui hésitait entre le beau et le mauvais temps. Mais déjà dans la via Duomo les bruits de la ville s'étaient intensifiés, et aussi les voix des femmes dans les maisons ; et l'air était devenu plus gris et plus lourd. Avec un grand sac de plastique où j'avais fourré le contenu de la valise et du sac de ma mère, j'avais débarqué chez lui et je l'avais surpris dans un pantalon avachi et tombant, le maillot de corps sur son torse osseux, le moignon à l'air. Il avait ouvert grand la fenêtre et s'était aussitôt rajusté. Puis il avait commencé à me bombarder d'offres de nourriture. Je voulais du pain frais, je voulais le tremper dans du lait, je voulais des biscuits ?

Je ne me fis pas prier et je me mis à grignoter au hasard. Il était veuf depuis six ans, il vivait seul comme tous les vieux qui n'ont pas d'enfants, il dormait peu. Il était content de m'avoir là avec lui, malgré l'heure matinale, et j'étais contente moi aussi d'être là. Je désirais quelques minutes de trêve, les bagages que j'avais laissés chez lui les jours précédents, changer de vêtements. Je projetais d'aller tout de suite au magasin des sœurs Vossi. Mais l'oncle Filippo était avide de compagnie et de papotages. Il menaça Caserta de morts atroces. Il lui souhaita d'avoir déjà connu une sale mort au cours de la nuit. Il se lamenta de ne pas l'avoir tué par le passé. Et puis, à travers des chaînons difficiles à repérer, il se mit, dans un dialecte serré, à sauter d'une histoire de famille à l'autre. Il ne s'arrêta pas même pour reprendre souffle.

Après quelques tentatives, je renonçai à l'interrompre. Il

grommelait, il se mettait en colère, il roulait des yeux étincelants, il reniflait. Quand le discours en vint à Amalia, il passa en quelques minutes d'une apologie éplorée de sa sœur à des critiques impitoyables parce qu'elle avait abandonné mon père. Qui plus est, il oublia de parler d'elle au passé et commença de lui adresser des reproches comme si elle était encore en vie et présente ou de toute façon sur le point de faire irruption de la pièce à côté. Amalia — il se mit à crier — ne pense jamais avant aux conséquences : elle a toujours été comme ça, elle aurait dû s'asseoir et réfléchir et attendre ; au lieu de quoi elle s'est réveillée un matin et elle est partie de chez elle avec vous, ses trois filles. Elle n'aurait pas dû, d'après l'oncle Filippo. Je me rendis vite compte qu'il voulait faire remonter à cette séparation d'il y a vingt-trois ans la décision qu'avait prise sa sœur de se noyer.

C'était insensé. Ça m'agaça mais je le laissai dire, d'autant qu'il s'interrompait par moments et que, passant d'un ton hostile à un ton affectueux, il courait prendre d'autres bocaux dans le garde-manger : bonbons à la menthe, vieux biscuits, une confiture de mûres blanche de moisissure mais selon lui encore bonne.

Tandis que d'abord je repoussais ses offres et qu'ensuite, résignée, je grignotais, il revenait à la charge en confondant faits et dates. C'était en 46 ou 47 — il s'efforçait de se souvenir. Puis il changeait d'idée et concluait : après la guerre. Après la guerre, c'était Caserta qui avait compris comment on pouvait utiliser le talent de mon père pour vivre un peu mieux. Sans Caserta, il fallait avoir l'honnêteté de l'admettre, mon père aurait continué de peindre pour trois fois rien des montagnes, des lunes, des palmiers et des chameaux dans les magasins du quartier. Au contraire, Caserta, qui était fourbe, noir noir comme un Sarrasin mais avec des yeux de diable ensatané, avait commencé à trimer tant et plus avec les marins américains. Pas pour vendre des femmes ou autre chose. Caserta travaillait surtout les marins qui devenaient fous de nostalgie. Et au lieu de montrer, lui, des photos de demoiselles à vendre, il les embobinait en les amenant à sortir de leur portefeuille les photos des femmes qu'ils avaient laissées dans leur pays. Une fois qu'il les avait transformés en enfants abandonnés et anxieux, il négociait le prix et portait les photos à mon père pour qu'il en tire des portraits à l'huile.

Je me les rappelais aussi, ces images. Pendant des années, mon père avait continué d'y travailler, même sans Caserta. On aurait dit que les marins, à force de soupirs, avaient gardé sur le papier moins encore que l'apparence de leurs femmes. C'étaient des photos de mères, de sœurs et de fiancées, toutes blondes, toutes souriantes, toutes photographiées avec la permanente, pas un cheveu qui dépassait, leurs bijoux aux oreilles et au cou. Elles avaient l'air empaillées. Et, en plus, comme pour la photo de nous que conservait Amalia, comme dans toute photo que ronge l'absence, le brillant de l'impression était parti et l'image était souvent pliée aux coins ou traversée de blessures blanches qui coupaient visages, vêtements, colliers, coiffures. C'étaient des figures mourantes aussi dans l'imagination de qui les gardait avec désir et sentiment de culpabilité. Mon père les prenait des mains de Caserta et il les fixait au chevalet avec une punaise. Puis, en deux temps trois mouvements, il faisait apparaître sur la toile une femme qui semblait vraie, une mère-sœur-épouse et c'était elle qui soupirait au lieu de faire soupirer. Les fendillements disparaissaient, le noir et blanc devenait couleur, incarnat. Et le maquillage de ce support de la mémoire était porté à son terme avec une adresse suffisante pour rendre heureux des hommes égarés et désolés. Caserta venait prendre la marchandise, il laissait un peu d'argent et il s'en allait.

Ainsi — racontait mon oncle — en peu de temps la vie avait changé. Avec les femmes des marins américains, nous mangions tous les jours. Lui aussi, parce qu'à l'époque il était sans travail. Ma mère lui passait un peu d'argent, mais avec l'accord de mon père. Ou peut-être en cachette. En somme, après des années de privations, tout allait pour le mieux. Si Amalia avait fait davantage attention aux conséquences, si elle ne s'en était pas mêlée, qui sait jusqu'où ils auraient pu aller. Très loin, selon mon oncle.

Je pensai à cet argent et à ma mère telle qu'elle apparaissait elle aussi sur les photos de l'album de famille : dix-sept ans, le ventre déjà arqué par ma présence à l'intérieur d'elle, debout, dehors, sur un balcon; dans le fond, on voyait toujours un bout de sa Singer. Elle devait avoir arrêté de pédaler sur sa machine à coudre juste pour se faire photographier, puis, après cet instant, j'étais sûre qu'elle avait repris son travail, le dos courbé, sans qu'aucune photo la fixât jamais dans cette misère de la fatigue commune, dénuée de sourire, sans yeux brillants, sans cheveux arrangés pour apparaître plus belle. Je crois que l'oncle Filippo n'avait jamais réfléchi à la contribution du travail d'Amalia. Moi-même je n'y avais jamais pensé. Je secouai la tête, mécontente de moi : je détestais parler du passé. C'est pourquoi, tant que j'avais vécu avec Amalia, je n'avais pas vu mon père plus de dix fois en tout, forcée par elle. Et, depuis que je vivais à Rome, deux fois seulement, ou trois. Il habitait encore dans la maison où j'étais née, deux pièces cuisine. Il passait toute la journée assis, à peindre de vilaines vues du golfe ou de maladroites tempêtes pour foires de village. Il avait toujours gagné sa vie comme ça, en touchant quatre sous d'intermédiaires du genre de Caserta, et ça ne m'avait jamais plu de le voir enchaîné à la répétition des mêmes gestes, des mêmes couleurs, des mêmes formes, des mêmes odeurs que je connaissais depuis mon enfance. Surtout, je ne supportais pas qu'il m'expose ses confuses raisons en accablant dans le même temps Amalia d'insultes, sans lui concéder quelques mérites.

Non, rien ne me plaisait plus du passé. J'avais coupé net avec tous les gens de ma famille pour éviter qu'à chaque rencontre ils ne déplorent dans leur dialecte la malchance crasse de ma mère et ne profèrent d'un ton menaçant des vulgarités sur le compte de mon père. Il n'était resté que lui, l'oncle Filippo. Je l'avais rencontré au fil des années, non par choix mais parce qu'il débarquait chez nous à l'improviste et se disputait avec sa sœur. Il le faisait avec véhémence, à voix très haute, et ensuite ils se réconciliaient. Amalia était très attachée à son roublard de frère unique, dès sa jeunesse sous l'emprise de son mari et de Caserta. Et d'une certaine manière elle était contente qu'il continuât de fréquenter mon père et vînt lui dire comment il allait, ce qu'il faisait, à quoi il travaillait. Moi, au contraire, tout en éprouvant une très ancienne sympathie pour ce corps usé et pour son agressivité de matamore camorriste que je pouvais, si je le voulais, envoyer à terre d'une bourrade, j'aurais préféré que lui aussi perdît ses couleurs comme il était advenu pour tant des oncles et grands-oncles. J'avais peine à accepter qu'il donnât raison à mon père et tort à elle. C'était son frère, cent fois il l'avait vue enflée de gifles, de coups de poing, de coups de pied ; et, malgré cela, il n'avait jamais levé le petit doigt pour l'aider. Cela faisait cinquante ans qu'il continuait de réaffirmer sa solidarité avec son beau-frère, inébranlable. Depuis quelques années seulement, je parvenais à l'écouter sans me mettre sur le qui-vive. Mais, quand j'étais jeune fille, je ne pouvais supporter qu'il prît parti de cette façon. Au bout d'un moment, je me bouchais les oreilles pour ne pas entendre. Peut-être ne supportais-je pas que la partie la plus secrète de moi-même se servît de sa solidarité pour donner plus de force à une hypothèse nourrie tout aussi secrètement : que ma mère portait inscrite dans son corps une culpabilité naturelle, indépendante de sa volonté et de ce qu'elle faisait réellement, prête à se manifester, le cas échéant, dans chaque geste, dans chaque soupir. « Elle est à toi, cette chemise ? » lui demandai-je pour changer de sujet, en sortant de l'un des deux sacs de plastique la chemise bleu ciel que j'avais trouvée chez Amalia. De sorte que je lui coupai la parole et il resta un instant désorienté, les yeux écarquillés et les lèvres entrouvertes. Puis, renfrogné, il examina longuement le vêtement. Mais il voyait peu ou pas du tout sans ses lunettes : il le fit seulement pour se calmer après son éclat et se donner une attitude.

« Non, dit-il, jamais eu de chemise comme ça. »

Je lui racontai que je l'avais trouvée chez Amalia dans le linge sale et ce fut une erreur.

« A qui est-elle ? » me demanda-t-il en recommençant à s'agiter comme si je ne cherchais pas à l'apprendre précisément de lui. J'essayai de lui expliquer que je l'ignorais, mais ce fut inutile. Il me rendit la chemise comme s'il la jugeait infectée et il repartit implacablement dans les critiques contre sa sœur.

« Elle a toujours fait comme ça, se déchaîna-t-il de nouveau en dialecte. Tu te souviens de l'histoire des fruits qui lui arrivaient chaque jour à la maison gratis ? Elle tombait des nues : elle ne savait ni quand ni comment. Et le livre de poésies avec la dédicace ? Et les fleurs ? Et les sfogliatelles tous les jours à huit heures tapantes ? Et la robe, tu t'en souviens ? Possible que tu ne te souviennes de rien ? Qui la lui a achetée, cette robe, juste à sa taille ? Elle disait ne rien en savoir. Mais elle se l'est mise pour sortir, en cachette, sans le dire à ton père. Explique-moi donc, toi, pourquoi elle l'a fait. »

Je me rendis compte que son imagination continuait de lui figurer une Amalia mollement ambiguë, telle qu'elle savait l'être, même lorsque mon père l'avait saisie par le cou et qu'il lui en était resté les marques bleuies de ses doigts sur la peau. A nous, ses filles, elle nous disait : « Il est comme ça. Lui ne sait pas ce qu'il fait et moi, je ne sais pas quoi lui dire. » Mais, de notre côté, nous pensions que, pour tout ce qu'il faisait, notre père devait quitter la maison un de ces quatre matins et mourir brûlé ou écrasé ou noyé. Nous le pensions et nous la haïssions parce qu'elle était le mobile de ces pensées. Là-dessus nous n'avions aucun doute et je ne l'avais pas oublié.

Je n'avais rien oublié mais je ne voulais pas me souvenir. A l'occasion j'aurais pu tout me raconter, dans les plus menus détails. Mais à quoi bon ? Je me racontais seulement ce qui était utile, suivant les cas, décidant à chaque fois sous la poussée des circonstances. Maintenant, par exemple, je voyais les pêches écrasées sur le sol, les roses battues dix vingt fois sur la table de la cuisine, avec les pétales rouges en l'air, puis tous éparpillés autour et les tiges épineuses encore retenues par le papier d'argent, les gâteaux projetés par la fenêtre, la robe brûlée sur le feu de la cuisine. Je sentais l'odeur nauséabonde qui se dégage de l'étoffe quand, par distraction, on y laisse le fer à repasser surchauffé, et j'avais peur.

« Non, vous ne vous rappelez et vous ne savez rien », dit mon oncle comme si là, en ce moment, je représentais aussi mes deux sœurs. Et il voulut me contraindre, lui, à me souvenir : nous le savions que mon père commença de la battre seulement lorsque, de fil en aiguille, il s'avéra qu'il voulait laisser tomber Caserta et les portraits pour Américains et qu'elle, elle s'y opposa ? Ce n'était pas une chose dont elle devait se mêler. Mais elle avait la manie de se mêler de tout, à tort et à travers. Mon père s'était inventé une bohémienne qui dansait nue. Il l'avait fait voir à un type dirigeant un réseau de marchands ambulants qui écumaient les rues de la ville et de la province en vendant des scènes champêtres et des mers déchaînées. Ce type, qui se faisait appeler Migliaro et qui traînait toujours à ses basques un enfant avec toutes les dents de travers, avait jugé qu'elle ferait un tabac dans les cabinets de médecins et de dentistes. Il avait dit que pour ces bohémiennes il était prêt à donner un pourcentage bien plus élevé que celui qu'accordait Caserta. Mais Amalia déclara qu'elle n'était pas d'accord, elle ne voulait pas qu'il quitte Caserta, elle ne voulait pas qu'il fasse ses bohémiennes, elle ne voulait pas qu'il les montre à Migliaro.

« Vous ne vous rappelez pas et vous ne savez pas », répéta l'oncle Filippo, plein de rancœur pour la manière dont étaient passés ces temps qui lui avaient semblé beaux et qui s'étaient évanouis sans donner les fruits qu'ils promettaient.

Alors, je lui demandai ce qui était arrivé à Caserta après la rupture avec mon père. Les nombreuses réponses possibles lui défilèrent, furibondes, devant les yeux. Puis il décida de renoncer aux plus violentes et il réaffirma avec orgueil que, grâce à eux, Caserta avait reçu ce qu'il méritait.

« C'est toi qui as tout raconté à ton père. Ton père m'a appelé, nous voulions le tuer. S'il avait cherché à réagir, nous l'aurions vraiment tué. »

Tout. Moi. Cette allusion ne me plut pas et je ne voulus pas savoir de quel « toi » il parlait. J'effaçai toute sonorité qui pût se superposer à mon nom, comme s'il n'était en aucun cas question de faire référence à moi. Lui me regarda interrogativement et, me voyant impassible, il secoua la tête de nouveau avec désapprobation.

« Tu ne te rappelles rien », répéta-t-il découragé. Et il en vint à me parler de Caserta. Après, il avait pris peur et il avait compris. Il avait vendu un bar-pâtisserie en demi-faillite qui lui venait de son père et il avait quitté le quartier avec sa femme et son fils. Au bout d'un certain temps le bruit avait couru qu'il faisait du recel de médicaments volés. Puis on avait dit qu'il avait investi l'argent tiré de ce trafic dans une imprimerie. Etrange, parce qu'il n'avait jamais été typographe. L'hypothèse de l'oncle Filippo était qu'il imprimait des pochettes pour des disques de contrefaçon. Quoi qu'il en soit, un beau jour un incendie avait détruit l'imprimerie et Caserta avait passé quelque temps à l'hôpital à cause des brûlures qu'il avait eues aux jambes. Depuis, il n'avait plus rien su de lui. Certains pensaient qu'avec l'argent de l'assurance il était devenu rentier, de sorte qu'il était parti vivre dans une autre ville. D'autres disaient qu'après ces brûlures il était passé de médecin en médecin et qu'ils ne l'avaient plus lâché : pas à cause du problème aux jambes mais parce qu'il avait des cases en moins. Ç'avait toujours été un homme bizarre : on disait qu'en vieillissant il était devenu encore plus bizarre. C'est tout. L'oncle Filippo ne savait plus rien de Caserta.

Je lui demandai quel était son prénom; j'avais cherché sur l'annuaire, mais des Caserta il y en avait trop.

« Ne t'avise pas de le chercher, me dit-il, de nouveau hargneux.

— Je ne cherche pas Caserta, lui mentis-je. Je veux voir Antonio, son fils. Enfants, nous jouions ensemble.

— Ce n'est pas vrai. Tu veux voir Caserta.

— Je demanderai à mon père », eus-je alors l'idée de lui répondre.

Il me regarda stupéfait, comme si j'étais Amalia.

« Tu le fais exprès », grogna-t-il. Et il dit à voix basse : « Nicola. Il s'appelait Nicola. Mais il est inutile que tu le cherches dans l'annuaire : Caserta est un surnom. Le nom véritable, je l'ai en tête mais je ne me le rappelle pas. »

Il eut vraiment l'air de se concentrer, pour me satisfaire, mais ensuite, abattu, il renonça. « Ça suffit. Retourne à Rome. Si tu as réellement l'intention de voir ton père, au moins ne lui parle pas de cette chemise. Aujourd'hui encore pour une chose pareille il tuerait ta mère.

— Il ne peut plus rien lui faire », lui rappelai-je. Mais il me demanda, comme s'il n'avait pas entendu :

« Tu veux encore un peu de café ? »

X

J'ai renoncé à me changer. Je restai avec ma robe foncée poussiéreuse et chiffonnée. Je parvins à grand-peine à mettre un nouveau tampon. L'oncle Filippo ne m'épargna pas une minute ses civilités et ses débordements rageurs. Quand je dis que je devais aller chez les sœurs Vossi pour m'acheter de la lingerie, il se troubla, se tut quelques secondes. Puis il offrit de m'accompagner jusqu'à l'autobus.

La journée était de plus en plus sombre, sans air, et il s'avéra que l'autobus était bondé. L'oncle Filippo évalua la cohue et décida de monter lui aussi afin de me protéger — dit-il — contre les voleurs à la tire et contre la canaille. Par un heureux concours de circonstances une place se libéra sur la plate-forme : je lui dis de s'asseoir mais il refusa énergiquement. Je m'assis donc et un voyage exténuant commença à travers une ville sans couleur, étranglée par les embouteillages. Dans l'autobus, il y avait une forte odeur d'ammoniaque et un duvet voletait, qui était entré par les fenêtres ouvertes Dieu sait quand. Il picotait le nez. Mon oncle trouva moyen de se prendre de bec d'abord avec un type qui ne s'était pas mis de côté suffisamment vite quand, pour rejoindre la place en train de se libérer, j'avais demandé de passer, et ensuite avec un jeune homme qui fumait malgré l'interdiction. Tous deux le traitèrent avec un mépris hostile où n'entrait pas la moindre considération pour ses soixante-dix ans et son bras mutilé. Je l'entendis pester et menacer tandis que la bousculade le poussait loin de moi, vers le centre de la voiture.

J'ai commencé à transpirer. Assise, j'étais coincée entre deux vieilles dames qui regardaient fixement devant elles avec une rigidité anormale. L'une avait son sac bien serré sous l'aisselle ; l'autre se le pressait sur l'estomac, la main sur le fermoir, le pouce dans un anneau accroché au tirant de la glissière. Les passagers restés debout se courbaient en nous haleinant dessus. Les femmes suffoquaient au milieu des corps masculins, en soufflant fort sous l'effet de cette promiscuité occasionnelle, fastidieuse malgré son apparente innocence. Les hommes, dans la foule, se servaient des femmes pour se livrer en eux-mêmes à un jeu silencieux. L'un fixait une jeune fille brune avec une expression ironique pour voir si elle baissait les yeux. Un autre pêchait un bout de dentelle entre les deux boutons d'un corsage ou harponnait du regard une bretelle. D'autres tuaient le temps en épiant par la fenêtre dans les autos afin de saisir des morceaux de jambes découvertes, le jeu des muscles tandis que les pieds appuyaient sur la pédale du frein ou de l'embrayage, un geste distrait pour se gratter l'intérieur d'une cuisse. Un homme petit et maigre, comprimé par ceux qu'il avait derrière lui, recherchait de furtifs contacts avec mes genoux et par moments me respirait dans les cheveux.

Je me suis tournée vers la fenêtre la plus proche, à la recherche d'air. Quand, petite fille, je faisais le même trajet en tram, avec ma mère, la voiture se hissait difficilement sur la colline, avec une sorte de pénible braiment d'âne, parmi de vieux édifices gris, jusqu'à ce qu'apparût un fragment de mer sur lequel je m'imaginais que le tram allait faire voile. Les vitres des fenêtres vibraient dans leurs montants de bois. Le sol aussi vibrait et imprimait au corps un agréable tremblement que je laissais se communiquer aux dents, en desserrant à peine à peine les mâchoires pour sentir comme une rangée tremblait contre l'autre.

C'était un voyage qui me plaisait, à l'aller en tram, au retour en funiculaire ; mêmes machines lentes, sans frénésie, elle et moi. En hauteur, retenues à la rampe par des courroies de cuir, d'épaisses poignées se balançaient. Quand on s'y agrippait, le poids du corps faisait ressortir dans le bloc métallique, au-dessus de la poignée, des inscriptions et des dessins colorés, des lettres et des images différentes à chaque secousse. Les poignées portaient des publicités pour des cires jaunes, des chaussures, des articles variés de boutiques de la ville. Si la voiture n'était pas trop bondée, Amalia laissait sur le siège ses paquets dans leur papier d'emballage et me prenait dans ses bras pour que je joue avec les poignées.

Mais, si la voiture était bondée, tout plaisir était barré. Alors la rage me prenait de protéger ma mère du contact avec les hommes, comme j'avais vu que faisait toujours mon père en pareille circonstance. Je me mettais en bouclier derrière elle et je restais crucifiée en me plaquant à ses jambes, le front contre ses fesses, les bras tendus, une main collée au montant de fonte du siège de droite, l'autre à celui de gauche.

Effort inutile : le corps d'Amalia ne se laissait pas circonscrire. Ses flancs se dilataient dans le couloir vers les flancs des hommes qu'elle avait à côté d'elle ; ses jambes, son ventre se gonflaient vers le genou ou l'épaule de celui qui était assis face à elle. Ou peut-être était-ce le contraire qui se produisait. C'étaient les hommes qui se collaient à elle comme ces mouches aux papiers gluants et jaunâtres qui pendent dans les boucheries ou au-dessus des étals des charcutiers, à la verticale, pleins d'insectes morts. Il s'avérait difficile de les tenir à distance à coups de coude ou de pied. Ils me caressaient allégrement la nuque et disaient à ma mère : « On vous l'écrase, cette belle petite fille. » Certains voulaient aussi me prendre dans leurs bras, mais je refusais. Ma mère riait : « Approche, viens donc. » Anxieuse, je résistais. Je sentais que si j'avais cédé, ils l'auraient emportée avec eux et moi je serais restée seule avec mon père furibond.

Lui la protégeait des autres hommes avec une violence dont je ne savais pas si elle se serait limitée à mettre en pièces ses rivaux ou si elle se serait aussi retournée contre lui en le tuant. C'était un homme insatisfait. Peut-être n'avait-il pas toujours été comme ça mais l'était-il devenu dès lors qu'il avait cessé de vagabonder dans le quartier en se débrouillant pour décorer des comptoirs de boutiques ou des charrettes en échange de nourriture, et qu'il avait fini par peindre, sur des toiles pas encore fixées aux châssis, des pastourelles, des marines, des natures mortes, des paysages exotiques et des escouades de bohémiennes. Il s'imaginait je ne sais quel destin et il se mettait dans une colère noire parce que la vie ne changeait pas, parce que Amalia ne croyait pas qu'elle changerait, parce que les gens ne l'estimaient pas autant qu'ils le devaient. Il répétait continuellement, pour s'en convaincre et la convaincre, que ma mère avait eu une sacrée chance de l'épouser. Elle, tellement noire, on ne savait pas de quel sang elle pouvait sortir. Lui, au contraire, qui était blanc et blond, on sentait Dieu sait quoi dans son sang. Bien que rivé jusqu'à la nausée aux mêmes couleurs, aux mêmes sujets, aux mêmes campagnes, aux mêmes mers, il fantasmait sur ses talents à n'en plus finir. Nous, ses filles, nous avions honte de lui et nous croyions qu'il pouvait nous faire du mal comme il menaçait d'en faire à quiconque effleurerait notre mère. Dans le tram, quand il était là lui aussi, nous avions peur. Il tenait surtout à l'œil les hommes petits et bruns, frisés, aux grosses lèvres. Il attribuait à ce type anthropomorphique la propension à ravir le corps d'Amalia ; mais peut-être pensait-il que c'était ma mère qui était attirée par ces corps nerveux, carrés, forts. Une fois il fut convaincu que, dans la cohue, un homme l'avait touchée. Il la gifla sous les yeux de tout le monde : sous nos yeux. J'en restai douloureusement effarée. J'étais persuadée qu'il aurait tué l'homme et je ne comprenais pas pourquoi c'était elle au contraire qu'il avait giflée. Même maintenant je ne m'expliquais pas comment il avait pu faire ça. Peut-être pour la punir d'avoir subi sur l'étoffe de sa robe, sur sa peau, la chaleur du corps de l'autre.

XI

Dans le chaos de la via Salvator Rosa qui nous immobilisait, je découvris que je n'éprouvais plus aucune sympathie pour la ville d'Amalia, pour la langue dans laquelle elle s'était adressée à moi, pour les rues que j'avais parcourues jeune fille, pour les gens. Quand à un certain moment apparut une échappée sur la mer (celle-là même qui, enfant, m'enthousiasmait), elle me fit l'effet d'un papier de soie violâtre collé sur un mur crevassé. Je sus que j'étais en train de perdre définitivement ma mère et que c'était exactement ce que je voulais.

Les sœurs Vossi avaient leur magasin sur la piazza Vanvitelli. Jeune fille, je m'étais souvent arrêtée devant leurs vitrines, qui étaient sobres, avec des glaces épaisses tenues entre des montants d'acajou. L'entrée avait une vieille porte à demi vitrée et sur la voûte étaient gravés les trois V et la date de fondation : 1948. La vitre était opaque et je ne savais pas ce qu'il y avait derrière : je n'avais jamais eu ni la nécessité d'aller voir ni l'argent pour le faire. Je m'étais souvent arrêtée à l'extérieur, surtout parce que la vitrine d'angle me plaisait, avec ses vêtements pour dames négligemment appuyés sous une peinture que je n'étais pas en mesure de dater, assurément d'une main experte. Deux femmes, dont les profils se superposaient presque tant elles étaient proches et occupées aux mêmes gestes, couraient la bouche ouverte, de la droite vers la gauche du tableau. On ne pouvait savoir si elles poursuivaient ou si elles étaient poursuivies. L'image semblait avoir été découpée dans un décor beaucoup plus vaste, si bien qu'on ne voyait pas la jambe gauche de ces femmes et que leurs bras tendus étaient coupés aux poignets. A mon père aussi, qui trouvait toujours à redire sur tout ce qui avait été peint au cours des siècles, le tableau plaisait. Il inventait des attributions insensées en posant à l'expert, comme si chacune de nous avait ignoré qu'il n'avait fait aucune école d'aucun genre, qu'en matière d'art il s'y connaissait peu ou pas du tout, qu'il n'était capable de peindre, jour et nuit, que ses bohémiennes. Quand il était en veine et d'humeur à faire avec nous, ses filles, plus d'esbroufe qu'à l'ordinaire, il allait carrément jusqu'à se l'attribuer.

Cela faisait au moins vingt ans que je n'avais pas l'occasion de monter sur la colline, un lieu que je me rappelais différent du reste de la ville, frais et ordonné, à quelques pas du monastère de San Martino. J'en fus aussitôt impatientée. La place me parut changée, avec ses rares platanes maigrichons, dévorée par les tôles des voitures, surplombée par un trapèze aux poutrelles de fer peintes en jaune. Je me rappelais, au centre de la place de jadis, des palmiers qui m'avaient semblé très hauts. Il y en avait un seul, nain, malade, assailli par les barres grises des travaux en cours. En plus, je ne repérai pas le magasin au premier coup d'œil. Talonnée par mon oncle qui poursuivait en lui-même sa dispute avec les individus louches de l'autobus, même si l'épisode s'était passé une heure avant, je tournai en rond dans cet espace poussiéreux, hurlant, bombardé par les marteaux piqueurs et par les klaxons, sous les nuages d'un de ces ciels qui semblent vouloir pleuvoir et qui n'y arrivent pas. A la fin, je m'arrêtai devant des mannequins de femmes chauves en culotte et soutien-gorge, savamment placés dans des poses audacieuses, souvent vulgaires. Au milieu des miroirs, des dorures et des accessoires aux couleurs électriques, j'eus peine à reconnaître les trois V de la voûte, seule chose qui était restée identique. Quant au tableau qui me plaisait, il n'était plus là non plus.

Je regardai ma montre : il était dix heures et quart. Le trafic incessant était tel que toute la place — immeubles, colonnades gris-violet, nuées de sons et de poussière — ressemblait à un manège. L'oncle Filippo jeta un coup d'œil aux vitrines et se tourna aussitôt d'un autre côté avec gêne : trop de jambes écartées, trop de seins provocants, il lui venait de mauvaises pensées. Il dit qu'il m'attendait au coin : que je fasse vite. Je pensai que ce n'était pas moi qui l'avais prié de me suivre jusqu'ici et j'entrai.

Je m'étais toujours imaginé que l'intérieur du magasin Vossi était dans la pénombre et qu'il abritait trois obligeantes vieilles dames aux robes longues, à nombreuses rangées de perles et cheveux rassemblés en chignon fixé avec des épingles d'une autre époque. Au lieu de quoi je trouvai un décor éclairé criardement, des clientes bruyantes, d'autres mannequins en déshabillés de satin, tops multicolores, culottes en soie, des comptoirs et des vitrines qui surchargeaient l'intérieur d'articles de luxe, des vendeuses très jeunes, violemment maquillées, toutes dans un uniforme couleur pistache très moulant et avec les trois V brodés sur la poitrine.

« C'est bien le magasin des sœurs Vossi ? » demandai-je à l'une d'elles, d'une apparence plus aimable, peut-être mal à l'aise dans son uniforme.

« Oui. Vous désirez ?

— Je ne pourrais pas parler à l'une des dames Vossi ? »

La jeune fille me regarda avec perplexité.

« Elles ne sont plus là, dit-elle.

— Elles sont mortes ?

— Non, je ne crois pas. Elles se sont retirées.

— Elles ont vendu le magasin ?

— Elles étaient âgées. Elles ont tout vendu. Maintenant il y a une nouvelle gestion, mais la marque est la même. Vous êtes une ancienne cliente ?

— Ma mère », dis-je. Et je commençai d'extraire lentement du sac de plastique que j'avais emporté avec moi la culotte, la robe de chambre, les deux robes, les cinq slips trouvés dans la valise d'Amalia, en disposant chaque chose sur le comptoir. « Je crois qu'elle a tout acheté ici. »

La jeune fille jeta un coup d'œil compétent.

« Les articles, oui, sont de chez nous », dit-elle avec une expression interrogative. Je perçus que, sur la base de l'âge que je paraissais, elle cherchait à évaluer celui de ma mère.

« Elle aura soixante-trois ans en juillet », dis-je. Puis l'idée me vint de mentir : « Ce n'était pas pour elle. C'étaient des cadeaux pour moi, pour mon anniversaire. J'ai eu quarante-cinq ans le 23 mai dernier.

— On vous en donne au moins quinze de moins », dit la jeune fille en s'appliquant à faire son métier.

J'expliquai sur un ton arrangeant :

« C'est de la belle qualité, tout à fait mon goût. Seulement, cette robe me serre un peu et la culotte est étroite.

— Vous voulez les changer ? Il faudrait le ticket de caisse.

— Je n'ai pas le ticket de caisse. Mais elles ont été achetées ici. Vous ne vous souvenez pas de ma mère ?

— Je ne pourrais pas dire. Il vient tant de monde. »

Je lançai un regard aux personnes auxquelles avait fait allusion la vendeuse : femmes qui hurlaient dans un dialecte plein d'une allégresse forcée, riaient bruyamment, étaient couvertes de bijoux très précieux, sortaient des cabines en slip et soutien-gorge ou en succincts maillots de bain peau de léopard, dorés, argent, étalaient des chairs abondantes striées de vergetures et trouées de cellulite, se contemplaient le pubis et les fesses, se soulevaient les seins dans la coupe de leurs mains, ignoraient les vendeuses et s'adressaient dans ces poses à une espèce de videur tiré à quatre épingles et déjà bronzé, placé là exprès pour canaliser leur flux de lires et menacer des yeux les vendeuses inefficaces.

Ce n'était pas la clientèle que je m'étais imaginée. On aurait dit des femmes dont les hommes s'étaient enrichis d'un seul coup et facilement, les jetant dans un luxe provisoire dont elles étaient contraintes de jouir avec une sous-culture de sous-sol humide et surpeuplé, de bandes dessinées semi-pornos, d'obscénités ressassées comme des rengaines. C'étaient des femmes contraintes dans une ville-maison d'arrêt, d'abord corrompues par la misère et maintenant par l'argent, sans solution de continuité. A les voir et à les entendre, je me rendis compte que je devenais intolérante. Elles se comportaient avec cet homme comme mon père s'imaginait que se comportaient les femmes, comme il imaginait que se comportait sa femme à peine il tournait les talons, comme aussi peut-être Amalia avait rêvé pendant toute sa vie de se comporter : une femme du monde qui se baisse sans être forcée de mettre deux doigts au milieu de son décolleté, qui croise les jambes sans faire attention à sa jupe, qui rit avec vulgarité, qui se couvre d'ors et déborde de tout son corps en sollicitations sexuelles continuelles et indifférenciées, joutant entre quatre yeux avec les hommes dans la lice de l'obscène.

J'eus une grimace incontrôlée d'irritation. Je dis :

« Elle est grande comme moi, juste quelques cheveux blancs. Mais la coiffure est vieillotte, personne ne se coiffe plus comme ça. Elle est venue en compagnie d'un homme sur les soixante-dix ans, mais séduisant, maigre, des cheveux très épais et tout blancs. Un beau couple à les voir... Vous devriez vous les rappeler. Ils ont acheté toutes ces affaires. »

La vendeuse secoua la tête, elle ne se souvenait pas.

« Il vient tellement de monde », dit-elle. Puis elle lança un regard au videur, préoccupée pour le temps qu'elle était en train de perdre, et elle me suggéra : « Essayez-les. Moi, j'ai l'impression que c'est exactement votre taille. Si la robe vous tire...

— Je voudrais parler à ce monsieur... » hasardai-je.

La vendeuse me poussa vers une cabine d'essayage, inquiète de cette demande à peine ébauchée.

« Si vous n'êtes pas convaincue par la culotte, vous en prendrez une autre... Nous vous ferons un prix », proposa-t-elle. Et je me retrouvai dans un cagibi tout en miroirs rectangulaires.

Je soupirai, j'ôtai avec lassitude la robe de l'enterrement. Je supportais de moins en moins le bavardage frénétique des clientes, qui là-dedans semblait moins assourdi qu'amplifié. Après un instant d'incertitude, j'enlevai le slip de ma mère que j'avais pris la veille et je mis celui en dentelle que j'avais trouvé dans son sac à main. C'était exactement ma taille. Perplexe, je parcourus du doigt l'accroc de côté, que probablement Amalia avait fait en l'enfilant, et puis je passai par la tête la robe couleur rouille. Elle m'arrivait cinq centimètres au-dessus du genou et elle avait un décolleté trop large. Mais elle ne me tirait pas du tout, au contraire elle glissait sur ma maigreur tendue et musculeuse en l'adoucissant. Je sortis de la cabine en pinçant par à-coups la robe de côté, fixant un de mes mollets et disant à voix haute :

« Voilà, comme vous voyez, la robe me tire de côté... Et puis elle est trop courte. »

Mais auprès de la jeune vendeuse il y avait maintenant l'homme, un type sur les quarante ans avec des moustaches noires, au moins vingt centimètres de plus que moi, large d'épaules et de poitrine. Ses traits étaient gonflés et son corps menaçant : seul le regard n'était pas antipathique, mais vif, familier. Il dit dans un italien de télévision, mais sans courtoisie, sans même l'ombre de la complicité approbatrice qu'il arborait avec les autres clientes, faisant au contraire un effort visible pour me vouvoyer :

« Elle vous va parfaitement, elle ne vous tire absolument pas. C'est le modèle qui est comme ça.

— C'est justement le modèle qui ne me convainc pas. Ma mère l'a choisi sans moi et...

— Elle l'a très bien choisi. Gardez votre robe et profitez-en. »

Je le fixai une seconde, en silence. Je sentis que je voulais faire quelque chose ou contre lui ou contre moi. Je lançai un regard aux autres clientes. Je tirai la robe sur mes hanches et je me tournai vers l'un des miroirs.

« Regardez donc le slip, lui indiquai-je dans le miroir, il me serre. »

L'homme ne changea ni d'expression ni de ton.

« Écoutez, je ne sais pas quoi vous dire, vous n'avez même pas le ticket de caisse », dit-il.

Je me vis dans la glace avec les jambes maigres et nues : je tirai la robe vers le bas, mal à l'aise. Je rassemblai la vieille robe et la culotte, j'enfilai tout dans le sac et je cherchai au fond l'étui de plastique avec la carte d'identité d'Amalia.

« Vous devriez vous rappeler ma mère », tentai-je encore en sortant le document et en le lui ouvrant sous les yeux.

L'homme donna un coup d'œil rapide et sembla perdre patience. Il passa au dialecte.

« Chère madame, ici nous ne pouvons pas perdre de temps », dit-il et il me rendit le document.

« Je vous demande seulement...

— Les articles vendus ne sont pas échangés.

— Je vous demande seulement... »

Il en vint à me toucher légèrement l'épaule.

« Tu veux plaisanter? Tu es venue pour plaisanter?

— Ne vous avisez pas de me toucher...

— Non, mais tu veux vraiment plaisanter... Va, prends tes affaires et ta carte d'identité. Qui t'envoie? Qu'est-ce que tu veux? Dis à celui qui t'envoie qu'il vienne encaisser lui-même. Comme ça ensuite on voit! Mieux que ça, voilà ma carte de visite : Polledro Antonio, nom, adresse et numéro de téléphone. Ou vous me trouvez ici ou chez moi. Ça va? »

C'était un ton que je connaissais très bien. Tout de suite après il se mettrait à me pousser plus fort et puis à me frapper sans aucun ménagement, que je sois un homme ou une femme. Je lui arrachai des mains le document avec un mépris calculé et, pour comprendre ce qui l'avait énervé, je jetai un regard sur la photo d'identité de ma mère. Les cheveux longs baroquement échafaudés sur le front et autour du visage avaient été soigneusement grattés. Le blanc surgi autour de la tête avait été, au crayon, changé en un gris nébuleux. Avec le même crayon quelqu'un avait légèrement durci les traits de la figure. La femme de la photo n'était pas Amalia : c'était moi.

XII

Je sortis dans la rue en traînant mon bagage. Je m'aperçus que j'avais encore à la main la carte d'identité et je la remis dans l'étui de plastique en y laissant machinalement la carte de visite de Polledro. Je glissai le tout dans mon sac et je regardai autour de moi, ébranlée mais contente que l'oncle Filippo soit vraiment resté pour m'attendre au coin.

Je le regrettai aussitôt. Il écarquilla les yeux et ouvrit largement la bouche en découvrant ses quelques dents longues et jaunes de nicotine. Il était stupéfait mais sa stupéfaction était en train de se transformer rapidement en contrariété. Je ne réussis pas tout de suite à comprendre pourquoi. Puis je me rendis compte que la cause en était la robe que je portais. Je m'efforçai de lui sourire, sûrement pour le radoucir mais aussi pour éloigner l'impression d'avoir perdu le contrôle de mon visage, d'en avoir un qui était la copie de celui d'Amalia.

« Ça me va mal ? demandai-je.

— Non, dit-il avec une expression renfrognée, en mentant visiblement.

— Et alors ?

— Nous avons enterré ta mère hier », s'affligea-t-il d'une voix trop haute.

Je pensai lui révéler, pour l'irriter, que la robe appartenait justement à Amalia, mais je prévis à temps que c'était moi que j'allais irriter : il recommencerait sûrement à invectiver sa sœur. Je lui dis :

« J'étais trop déprimée et j'ai voulu me faire un cadeau.

— Vous, les femmes, vous vous déprimez trop facilement », explosa-t-il en oubliant d'un coup, avec ce « trop facilement », ce qu'il venait à peine de me rappeler : que nous avions enterré ma mère depuis peu et que j'avais quelques bonnes raisons pour être déprimée.

D'ailleurs je n'étais nullement déprimée. J'avais plutôt le sentiment de m'être quittée à un endroit et de n'être plus en mesure de me retrouver : à bout de souffle, pour tout dire, avec des gestes trop rapides et insuffisamment coordonnés, la précipitation de qui fouille partout et n'a pas de temps à perdre. Je pensai qu'une camomille me ferait du bien et je poussai l'oncle Filippo dans le premier bar que nous trouvâmes via Scarlatti, pendant qu'il entreprenait de parler de sa femme, qui justement était toujours triste : dure, toujours au travail, attentive, ordonnée, mais triste. L'enfermement du lieu eut cependant sur moi l'effet d'un tampon d'ouate sur la bouche. La forte odeur de café et les voix trop hautes des clients et des barmen me firent refluer vers la sortie, tandis que mon oncle braillait déjà, la main à la poche intérieure de sa veste : « C'est moi qui paie ! » Je m'assis à une table sur le trottoir, dans la stridence des freins, l'odeur de pluie imminente et d'essence, les autobus débordants de monde et au pas, et les gens qui défilaient à toute allure en se heurtant à la table. « C'est moi qui paie », répéta l'oncle plus mollement, alors que nous n'avions même pas commandé et que je doutais qu'un serveur se présentât jamais. Puis il se cala confortablement sur la chaise et il se mit à se jeter des fleurs : « J'ai toujours eu un caractère énergique. Pas d'argent ? Pas d'argent. Pas de bras ? Pas de bras. Pas de femmes ? Pas de femmes. L'essentiel, c'est la bouche et les jambes : pour parler quand tu en as envie et pour aller où tu en as envie. J'ai raison, non ?

— Oui.

— Ta mère aussi est comme ça. Nous sommes de ceux qui ne se laissent pas aller. Quand elle était petite, elle se faisait sans arrêt mal mais elle ne pleurait pas. Notre mère nous avait appris à souffler sur la blessure et à répéter : ça va passer. Quand elle travaillait et qu'elle se piquait avec l'aiguille, elle avait aussi gardé cette habitude de dire : ça va passer. Un jour, l'aiguille de la Singer lui a percé l'ongle de l'index, est sortie de l'autre côté, est remontée et entrée de nouveau, trois ou quatre fois de suite. Eh bien, elle a bloqué la pédale, puis elle l'a remise en marche tout doux tout doux pour extraire l'aiguille, elle s'est bandé le doigt et a repris son travail. Je ne l'ai jamais vue triste. »

Ce fut tout ce que j'entendis. Il me semblait que ma nuque s'enfonçait dans la vitrine derrière moi. Même le mur rouge de l'Upim, en face, semblait fraîchement peint, à peine sec. Je laissai les bruits de la via Scarlatti devenir assez forts pour couvrir sa voix. Je vis ses lèvres bouger, de profil, sans un son ; elles me parurent en caoutchouc, mues de l'intérieur par deux doigts. Il avait soixante-dix ans et aucun motif pour être satisfait de lui, mais il s'appliquait à l'être et peut-être l'était-il vraiment quand il se lançait dans ce bavardage inlassable que les mouvements imperceptibles de ses lèvres articulaient à vive allure. Pendant un instant je pensai avec horreur aux hommes et aux femmes comme à des organismes vivants, et je m'imaginai un travail de burin qui pût nous polir comme des figurines d'ivoire, aplanissant trous et excroissances, nous réduisant à être tous identiques et privés d'identité, sans nul jeu de particularités somatiques, sans nul calibrage de petites différences.

Ce doigt blessé de ma mère, troué par l'aiguille quand elle n'avait pas encore dix ans, je le connaissais mieux que mes propres doigts, justement à cause de ce détail. Il était violet et, à la lunule, l'ongle semblait s'enfoncer. J'avais longtemps désiré le lécher et le sucer, plus que le bout de ses seins. Peut-être me l'avait-elle laissée faire sans se dérober quand j'étais encore très petite. Sur le bout du doigt, il y avait une cicatrice blanche : la blessure s'était infectée, on la lui avait incisée. Moi, j'y sentais autour l'odeur de sa vieille Singer, avec cette forme d'élégant animal moitié chien moitié chat, l'odeur de la courroie de cuir craquelé qui transmettait le mouvement de la pédale du grand au petit volant, l'aiguille qui montait et descendait du museau, le fil qui courait par les narines et les oreilles, la bobine qui roulait sur le pivot fiché dans l'échine. J'y sentais la saveur de l'huile qui servait à la graisser, la pâte noire du gras mêlé de poussière que je grattais avec mon ongle et que je mangeais en cachette. Je projetais de me trouer l'ongle moi aussi, pour lui faire comprendre qu'il était risqué de me refuser ce que je n'avais pas.

Trop nombreuses étaient les histoires de ses infinies, minuscules différences qui la rendaient inaccessible et qui toutes ensemble la transformaient en un être désiré, dans le monde extérieur, au moins autant que je la désirais moi. Il y avait eu une époque où je m'étais imaginé que je lui détachais ce doigt exceptionnel d'un coup de dents parce que je ne trouvais pas le courage d'offrir le mien à la bouche de la Singer. Ce qui d'elle ne m'avait pas été concédé, je voulais l'effacer de son corps. Ainsi rien ne se perdrait plus ni ne se disperserait loin de moi, parce que enfin tout avait déjà été perdu.

Maintenant qu'elle était morte, quelqu'un lui avait gratté les cheveux et lui avait déformé le visage pour la réduire à mon corps. Cela se passait après qu'au fil des ans, par haine, par peur, j'avais désiré perdre chacune de mes racines en elle, jusqu'aux plus profondes : ses gestes, les inflexions de sa voix, la façon de prendre un verre ou de boire dans une tasse, comment on enfile une jupe, une robe, la place des objets à la cuisine, dans les tiroirs, les modalités des ablutions les plus intimes, les goûts alimentaires, les répulsions, les enthousiasmes, et puis la langue, la ville, les rythmes de la respiration. Toutes choses refaites pour devenir moi et pour me détacher d'elle.

D'un autre côté, je n'avais voulu ou je n'avais réussi à enraciner personne en moi. Bientôt je perdrais même la possibilité d'avoir des enfants. Aucun être humain ne se détacherait de moi dans l'angoisse avec laquelle je m'étais détachée de ma mère pour la seule raison que je n'avais jamais réussi à m'attacher à elle définitivement. Il n'y aurait personne de plus et personne de moins entre moi et un autre fait de moi. Je resterais moi jusqu'à la fin, malheureuse, mécontente de ce que j'avais traîné furtivement hors du corps d'Amalia. Maigre, trop maigre, le butin que j'étais parvenue à lui ravir en l'arrachant à son sang, à son ventre et à la mesure de son souffle, pour le cacher dans mon corps, dans la matière capricieuse de mon cerveau. Insuffisant. Quel grimage ingénu et négligent, l'effort que j'avais fait pour définir comme « moi » cette fuite obligée d'un corps de femme, quand j'en avais emporté moins que rien ! Je n'étais aucun moi. Et j'étais perplexe : je ne savais pas si ce que je découvrais et me racontais, depuis qu'elle n'existait plus et ne pouvait répondre, me faisait plus horreur ou plaisir.

XIII

Peut-être me secouai-je à cause de la pluie sur mon visage. Ou parce que l'oncle Filippo, debout à côté de moi, m'agitait par un bras avec l'unique main qu'il avait. Le fait est que je sentis comme une secousse électrique et je me rendis compte que je m'étais endormie.

« Il pleut », bredouillai-je tandis que l'oncle Filippo continuait de me remuer furieusement. Il hurlait comme un apoplectique mais je n'arrivais pas à comprendre ce qu'il disait. Je me sentais faible et effrayée, je n'arrivais pas à me lever. Les gens survenaient en courant à la recherche d'un abri. Les hommes criaient ou ricanaient et, dans leur course, ils heurtaient dangereusement notre table. Je craignis d'être renversée. L'un fit voler un mètre plus loin la chaise il y a un instant encore occupée par l'oncle Filippo. « Quelle charmante saison », dit-il et il entra dans le bar.

Je tentai de me lever en croyant que mon oncle voulait me tirer vers lui. Au contraire il lâcha mon bras, zigzagua parmi les gens et fila hurler des insultes abracadabrantes sur le bord du trottoir, en indiquant de son bras tendu l'autre côté de la rue, au-delà du bouchon d'autos et d'autobus où tambourinait la pluie.

Je me soulevai en traînant derrière moi le paquet et le sac à main. Je voulais voir à qui il s'en prenait mais la circulation dressait un mur compact de tôles et la pluie tombait de plus en plus dru. Alors je rasai le mur de l'immeuble pour éviter de me mouiller et par la même occasion trouver un passage entre les autobus et les voitures bloqués. Quand j'y parvins, je vis Caserta contre la tache rouge de l'Upim. Il marchait quasiment plié en deux mais vite, se retournant sans arrêt comme s'il craignait d'être suivi. Il se heurtait aux passants mais il ne semblait pas s'en apercevoir ni ne ralentissait : courbé, les bras ballants, à chaque choc il pirouettait sur lui-même sans s'arrêter, telle une silhouette enfoncée sur un pivot qui, grâce à un mécanisme secret, glissait à toute allure le long du pavé. De loin, on aurait dit qu'il chantait et dansait mais peut-être lançait-il seulement des imprécations, en gesticulant.

Je me mis à presser le pas pour ne pas le perdre de vue mais comme tous les passants s'étaient massés sous les portes cochères, à l'entrée des magasins, dans l'axe des corniches ou des balcons, afin d'aller plus vite je fus rapidement contrainte de renoncer à toute tentative pour m'abriter et je dus sortir à découvert, sous la pluie. Je vis Caserta qui faisait de petits sauts pour éviter des plantes et des pots de fleurs exposés sur le trottoir, devanture d'un fleuriste. Il n'y parvint pas, trébucha, atterrit contre le tronc d'un arbre. Il s'arrêta un peu, comme collé à l'écorce, puis il se dégagea de là et reprit sa course. Il craignait je ne sais quoi. Je m'imaginai qu'il avait vu mon oncle et qu'il avait pris la fuite. Peut-être les deux vieux reproduisaient-ils en manière de jeu une scène déjà vécue dans leur jeunesse : l'un poursuivait, l'autre fuyait. Je pensai qu'ils allaient en venir aux mains sur le pavé mouillé, roulant tantôt d'un côté tantôt de l'autre. Je ne savais au juste comment je réagirais, ce que je ferais.

Au croisement de la via Scarlatti et de la via Luca Giordano je m'aperçus que je l'avais perdu. Je cherchai du regard l'oncle Filippo sans le voir lui non plus. Alors je traversai la via Scarlatti, qui était devenue un long point d'interrogation de véhicules immobiles, jusqu'à la piazza Vanvitelli, et je commençai à remonter en courant l'autre trottoir, jusqu'à la première rue de traverse. Il y avait du tonnerre sans éclairs visibles et à chaque coup c'était comme le déchirement sec d'un tissu. Je vis Caserta au fond de la via Merliani, cinglé par la pluie sous le métal bleu et rouge d'une grande enseigne, contre le mur blanc du parc de la Floridiana. Je courus derrière lui mais un jeune homme surgit brusquement de l'abri d'une porte cochère, me saisit par un bras en riant et me dit en dialecte : « Où cours-tu comme ça ? Laisse-toi sécher ! » Le choc fut si brutal que j'eus mal à la clavicule et que ma jambe gauche glissa. Si je ne tombai pas, c'est que j'allai rebondir contre un caisson à ordures. Je retrouvai mon équilibre et me dégageai avec force en hurlant, à mon grand étonnement, des insultes en dialecte. Quand j'atteignis moi aussi le mur d'enceinte du parc, Caserta était presque au sommet de la rue, à quelques mètres de la station du funiculaire en restructuration.

Le cœur battant, je m'arrêtai. Lui aussi avançait maintenant sans courir le long de la file des platanes, au milieu des autos stationnées sur la droite. Il avançait péniblement, toujours plié en deux, poussif, avec une endurance dans les jambes insoupçonnable chez un homme de cet âge. Quand il sembla à bout de forces, il s'appuya en haletant contre les palissades d'un chantier. Je le vis se tordre de tout son corps dans une position qui donnait l'impression que, de sa tête blanche, le tube Innocenti sortait avec la pancarte : « Travaux de démolition et de reconstruction de la station piazza Vanvitelli — Funiculaire de Chiaia. » J'étais persuadée qu'il n'aurait plus la force de bouger de là, quand quelque chose l'alarma de nouveau. Alors il frappa de son épaule la palissade comme s'il voulait la défoncer et s'échapper à travers la brèche. Je regardai à gauche, pour voir qui lui faisait peur à ce point : j'espérais que c'était mon oncle. Ce n'était pas lui. Sous la pluie, venant de la via Bernini, en train de courir, il y avait en revanche Polledro, l'homme du magasin Vossi. Il hurlait quelque chose contre lui et tantôt il lui faisait signe de s'arrêter, tantôt il le désignait d'une manière menaçante de toute la largeur de sa main.

Caserta sautilla d'un pied sur l'autre, regardant autour de lui pour trouver une issue. Il parut se décider à revenir sur ses pas, en descendant la via Cimarosa, mais il me vit. Il cessa alors de s'agiter, remit de l'ordre dans ses cheveux très blancs et sembla d'un coup prêt à affronter aussi bien Polledro que moi. Du dos il rasa la palissade du chantier, puis une auto à l'arrêt. Moi aussi je me remis à courir, juste pour voir Polledro avancer comme s'il patinait sur le gris métallique du pavé, figure massive et pourtant agile contre le trapèze de barres de fer jaune installé à l'entrée de la piazza Vanvitelli. Mais ce fut à ce moment précis que mon oncle refit son apparition. Il déboucha d'une friterie où il devait s'être abrité. Il m'avait vue arriver et le voilà qui courait vers moi en bombant le torse, à petits pas rapides sous la pluie. L'homme de chez Vossi se trouva brusquement nez à nez avec lui et il atterrit inévitablement dessus. Après le heurt ils se prirent dans les bras en cherchant à s'aider l'un l'autre à rester debout, et ainsi tournèrent-ils ensemble pour trouver un point d'équilibre. Caserta en profita pour plonger dans la lumière blanche de la via Sanfelice, sous une pluie scintillante, au milieu de la foule qui cherchait un abri dans l'entrée du funiculaire.

Je rassemblai le peu d'énergie qui m'était resté et je courus derrière lui, dans une atmosphère épaisse de souffles, rendue boueuse par la pluie, grise de chaux. Le funiculaire allait partir et les passagers se bousculaient vers les composteurs. Caserta était déjà passé et il descendait les marches mais en s'arrêtant souvent, tendant le cou pour regarder derrière lui et approchant ensuite à l'improviste son visage congestionné de qui marchait à ses côtés pour lui siffler quelque chose à l'oreille. A moins qu'il ne se parlât à lui-même, mais d'un ton de voix qu'il s'efforçait d'étouffer, levant et abaissant sa main droite avec trois doigts bien tendus, le pouce et l'index joints. Pendant quelques secondes il attendait inutilement une réponse. Enfin il recommençait à descendre.

Je pris mon billet et je me précipitai moi aussi vers les deux wagons, jaunes et lumineux. Je n'avais pas réussi à voir dans lequel des deux il était monté. Je descendis jusqu'au milieu de la deuxième voiture sans parvenir à retrouver sa trace, puis je me décidai à entrer en cherchant à me frayer un passage dans la foule des usagers. L'air était lourd et mêlait les transpirations à l'odeur d'étoffes mouillées. Je fouillai du regard autour de moi, à la recherche de Caserta. Mais c'est Polledro que je vis, descendant les marches deux à deux, suivi par mon oncle qui lui criait je ne sais quoi. Ils eurent à peine le temps d'entrer dans le premier wagon et aussitôt les portes se fermèrent. Au bout de quelques secondes ils apparurent contre la vitre rectangulaire du côté qui donnait sur mon wagon : l'homme du magasin Vossi regardait autour de lui, furieux, et mon oncle le tirait par un bras. Le funiculaire s'ébranla.

XIV

C'étaient des voitures neuves, bien différentes de celles que j'utilisais quand j'étais jeune fille. De ces dernières, elles ne gardaient que la forme d'un parallélépipède qui semblait avoir été projeté vers l'arrière, dans toute sa structure, par un violent choc frontal. Mais quand le funiculaire commença de tomber dans le puits oblique qu'il avait devant lui, j'en retrouvai les grincements, les vibrations et les à-coups. Cependant les voitures glissaient le long de la pente, fixées aux cordes d'acier, à une vitesse qui n'avait pas grand-chose de commun avec la reposante lenteur ponctuée de secousses et de bruits sourds qui en accompagnaient autrefois le parcours. De sonde avançant prudemment sous la peau de la colline, le véhicule me sembla transformé en piqûre intraveineuse, brutale. Et je sentis avec désagrément qu'il ternissait le souvenir des plaisants voyages avec Amalia, lorsqu'elle avait désormais cessé de faire des gants et qu'elle m'emmenait avec elle pour livrer aux clientes aisées du Vomero les vêtements qu'elle avait cousus pour elles. Elle s'était faite toute belle pour ne pas avoir moins l'air d'une dame que celles pour qui elle travaillait. Moi, par contre, j'étais maigre et sale ou du moins c'est ainsi que je me sentais. Je m'asseyais à côté d'elle, sur le siège de bois, et j'avais sur les genoux, bien étalée de façon qu'elle ne se froissât pas, la robe à laquelle elle travaillait ou qu'elle venait juste de terminer, enveloppée dans un papier d'emballage fixé aux extrémités par des épingles. Le paquet reposait sur mes jambes et sur mon ventre comme un écrin dans lequel étaient renfermées l'odeur et la chaleur de ma mère. Je le respirais dans chaque millimètre de ma peau que le papier effleurait. Et ce contact, alors, me procurait une langueur mélancolique scandée par les secousses de la voiture.

Maintenant, au contraire, j'avais l'impression de perdre de la hauteur comme une Alice vieillie à la poursuite du lapin blanc. Aussi, pour réagir, me détachai-je de la portière et m'efforçai-je d'arriver au centre de la voiture. J'étais dans la partie supérieure du wagon, dans le second de ses compartiments. J'essayai de me frayer un chemin, mais les passagers me dévisageaient avec agacement, comme si mon aspect avait quelque chose de répugnant, et ils me repoussaient avec hostilité. J'avançai difficilement, puis je renonçai à faire un geste et je cherchai Caserta du regard. Je le repérai au fond, dans la dernière partie du compartiment, une ample plate-forme. Il se trouvait derrière une fille jeune qui pouvait avoir vingt ans, très simple. Je le voyais de profil comme je voyais de profil la fille. On aurait dit un monsieur bien tranquille, à la vieillesse très digne, absorbé dans la lecture de son journal gris de pluie. Il l'avait dans la main gauche, plié en quatre, et de la main droite il se tenait à la rampe de métal bruni. Mais je me rendis rapidement compte qu'il profitait des oscillations de la voiture et se rapprochait de plus en plus du corps de la jeune fille. Maintenant il avait le dos arqué, les jambes un peu écartées, le ventre appuyé contre ses fesses à elle. Il n'y avait rien qui justifiât un tel contact.

Malgré la foule, il avait dans son dos suffisamment d'espace pour se tenir à distance respectueuse. Mais, même lorsque la fille se retourna avec une colère mal contenue et s'écarta un tout petit peu plus en avant pour lui échapper, le vieux ne renonça pas. Il attendit quelques secondes avant de regagner les centimètres perdus, puis il colla de nouveau le tissu de son pantalon bleu à son jean à elle. Il reçut un timide coup de coude dans les côtes mais continua, impassible, à feindre de lire ; mieux : il poussa avec plus de détermination son ventre contre elle.

Je me retournai à la recherche de mon oncle. Je le vis dans l'autre wagon, absorbé, la bouche ouverte. Polledro, à côté de lui, dans la foule, cognait contre la vitre. Peut-être essayait-il d'attirer l'attention de Caserta. Ou la mienne. Il n'avait plus l'air irritant que je lui avais vu dans le magasin. Il ressemblait à un garçon humilié et anxieux, forcé d'assister derrière une fenêtre à un spectacle qui le faisait souffrir. Désorientée, je détachai mon regard de lui et je le tournai vers Caserta. Il me parut qu'ils avaient la même bouche, en matière plastique rouge, durcie par la tension. Mais je ne réussis pas à fixer cette impression. Le funiculaire s'arrêta en se balançant, je vis que la jeune fille se déplaçait vers la sortie en courant presque. Caserta, comme s'il était collé à elle, la suivit, les reins arqués et les jambes écartées, au milieu de la stupeur et de quelques éclats de rire nerveux de ses compagnons de voyage. La jeune fille sauta d'un bond hors du wagon. Le vieux hésita un instant, se reprit et leva les yeux. Je crus qu'il le faisait sous le rappel des coups, frénétiques maintenant, de Polledro. Au contraire, comme s'il avait toujours su à quel endroit précis je me trouvais, il me repéra dans la foule qui se le désignait alors avec des murmures de désapprobation, et il m'adressa une œillade joviale, pour me laisser entendre que la pantomime qu'il exécutait me concernait. Puis, brusquement, il se coula hors de la voiture à la manière d'un acteur rebelle qui a décidé de ne plus suivre le texte.

Je m'aperçus que Polledro aussi cherchait à descendre. Je tentai à mon tour d'arriver à la porte mais j'étais loin de la sortie et le courant de ceux qui montaient me repoussait à l'intérieur. Le funiculaire s'ébranla de nouveau. Je regardai en haut et je vis que l'homme du magasin Vossi n'y était pas arrivé non plus. Mais l'oncle Filippo, si.

XV

Sur les visages des vieux, il est difficile de retrouver les traits qu'ils ont eus dans leur jeunesse. Parfois nous ne parvenons même pas à penser qu'ils ont eu une jeunesse. Tandis que le funiculaire poursuivait sa descente, je me rendis compte que, peu avant, par le mouvement de mon regard de Polledro à Caserta et vice versa, j'avais composé un troisième homme qui n'était pas Caserta, ni non plus Polledro. Il s'agissait d'un homme jeune, olivâtre, aux cheveux noirs, avec un manteau en poil de chameau. Cet ectoplasme, aussitôt défait, était le résultat d'un glissement de linéaments somatiques, comme si mon regard avait causé une confusion accidentelle entre les pommettes de Caserta et celles du videur du magasin Vossi, entre la bouche de l'un et celle de l'autre. Je m'adressai des reproches. J'avais fait trop de choses que je ne devais pas faire ; je m'étais mise à courir, je m'étais laissée aller à des battements de cœur, j'avais passé les limites de la frénésie. Je m'efforçai de me calmer.

Quelques minutes plus tard la station Chiaia apparut, un bunker de ciment, faiblement éclairée. Je me disposai à descendre mais je ne me sentais pas encore tranquille. Dans ma tête, Amalia observait à son tour maintenant cette fantaisiste composition somatique que je venais tout juste d'obtenir. Je me résignai. Elle était là, immobile, exigeante, dans un coin de la vieille station d'il y a quarante ans. Je la fixai mieux à cet arrière-plan, comme si j'étais en train de travailler à un puzzle dont les détails n'étaient pas encore identifiables : rien que les cheveux dénoués, un profil sombre devant trois silhouettes de bois coloré qui peut-être avaient été là il y a un peu moins d'un siècle pour faire la réclame de vêtements. Pendant ce temps je sortis du wagon, quasiment poussée dans la descente de l'escalier par les passagers impatients. Je me sentais gelée malgré l'air suffocant, de serre ou de catacombe.

Désormais Amalia était définitivement apparue en entier, jeune et flexueuse, dans le hall d'une station qui, comme elle, n'existait plus. Je m'immobilisai pour lui donner le temps de s'extasier à la vue des silhouettes : peut-être un couple élégant qui avait un chien-loup en laisse. Oui. Ils étaient en carton et en bois, hauts de deux mètres, épais de moins d'un centimètre, avec des tiges de soutien dans le dos. J'eus recours à des détails choisis pêle-mêle pour les colorer et les habiller. Il me parut que l'homme était en veste et pantalon prince-de-galles, pardessus en poil de chameau, main gantée serrant un gant, seyant chapeau de feutre. La femme portait peut-être un tailleur sombre avec une longue écharpe d'étoffe bleue sous une résille aux mailles délicatement colorées : elle avait sur la tête un chapeau à plumes et, sous la voilette, des yeux profonds. Le chien-loup était accroupi sur ses pattes postérieures, les oreilles attentives, serré contre les jambes de son maître. Tous trois se tenaient avec un air sain et satisfait dans le hall de la station qui, à l'époque, était grise et poussiéreuse, coupée en deux par une grille noire. A quelques pas d'eux, il tombait sur les escaliers de larges faisceaux de lumière, qui faisaient luire le vert (ou le rouge ?) du funiculaire lorsqu'il glissait lentement hors du tunnel creusé dans la colline.

Je commençai à descendre les marches vers les barres du portillon automatique. Le reste advint dans un laps de temps très bref mais extraordinairement dilaté. Polledro me prit par une main, maladroitement, à peine sous le poignet. Je fus sûre que c'était lui, avant même de me retourner. J'entendis qu'il me demandait de m'arrêter. Je ne le fis pas. Il me dit que nous nous connaissions bien, qu'il était le fils de Nicola Polledro. Puis il ajouta, pour le cas où cette information ne suffirait pas à me retenir : « Le fils de Caserta. »

Je m'arrêtai. Je fis en sorte de laisser Amalia aussi devant ces silhouettes aux lèvres entrouvertes, les dents blanches légèrement veinées de rouge à lèvres, hésitant entre un commentaire ironique et une phrase d'étonnement. Le couple de bois et de carton se laissa admirer avec détachement, au fond de l'escalier, à gauche. Moi qui me sentais présente à ses côtés même si je ne réussissais pas à me voir, je crus que ces gens chics étaient les images des propriétaires du funiculaire. Gens venus de loin : ils étaient si exceptionnels, si hors du monde, si différents dans leur magique appariement, qu'ils semblaient d'une autre nation. Là, je dus considérer, il y a quarante ans de cela, une possibilité de fuite, la preuve qu'il existait d'autres lieux où nous pouvions nous en aller, Amalia et moi, quand nous le voudrions. J'eus la certitude que ma mère, si vigilante, étudiait la façon de prendre la fuite avec moi. Mais ensuite le soupçon me vint qu'elle se tenait là pour d'autres raisons : peut-être seulement pour examiner les vêtements de la femme et sa façon d'évoluer. Probablement voulait-elle les refaire dans les robes qu'elle cousait.

Ou bien apprendre à s'habiller elle aussi de cette façon, et se tenir de cette même manière désinvolte, en attendant le funiculaire. Je sentis avec douleur, après le passage de nombreuses décennies, que là, dans ce coin de cette station, je n'avais en rien réussi à penser ses pensées du dedans d'elle, de l'intérieur de sa respiration. Dès cette époque sa voix pouvait seulement me dire : fais ceci, fais cela ; mais je ne pouvais plus faire partie de cette cavité qui concevait ces sons et décidait lesquels devaient résonner dans le monde extérieur et lesquels rester des sonorités sans sonorité. J'en eus de la peine.

La voix de Polledro arriva comme une grêle de coups contre cette douleur. Le hall d'il y a quarante ans tressauta. Les silhouettes se révélèrent une simple poussière colorée et s'évanouirent. Après de nombreuses années, vêtements et poses de ce genre avaient disparu du monde. Le couple avait été déplacé en même temps que le chien comme si, à force d'attendre en vain, il s'était dépité et s'était résolu à s'en retourner au château de Qui-sait-où. J'eus du mal à tenir Amalia immobile devant rien. De plus, un instant avant que Polledro ne s'arrêtât de parler, je réalisai que j'avais fait une confusion, que le tailleur sombre de la femme de carton et son écharpe n'avaient pas été à elle, mais à ma mère. C'est Amalia qui s'était habillée avec cette élégance, il y a si longtemps, comme pour un rendez-vous qui lui tenait à cœur. Maintenant, les lèvres entrouvertes, les dents à peine veinées de rouge à lèvres, elle fixait non les silhouettes, mais lui, l'homme au manteau en poil de chameau. Et l'homme lui parlait, et elle lui répondait, et lui recommençait à lui parler, mais je ne comprenais pas ce qu'ils se disaient.

Polledro s'adressait à moi d'une manière enveloppante pour me contraindre à l'écouter. Je l'observais, sous le charme, mais ne réussissais pas à lui prêter attention. Sous ses traits bien nourris, il avait le visage de son père jeune, et sans le vouloir il m'aidait à me raconter comment Caserta rencontrait ma mère dans l'espace détruit de la station Chiaia. Je secouai la tête et Polledro dut penser que je ne le croyais pas. En fait, c'était de moi-même que je me méfiais. Il répéta de nouveau : « C'est moi, Antonio, le fils de Caserta. » Je me rendais compte que, de ces figures de bois et de carton, je ne conservais en réalité qu'une impression de terres étrangères et de promesses non tenues. Elles brillaient comme des chaussures cirées avec du Brill, mais sans détails. Ce pouvait avoir été les effigies publicitaires de deux hommes, ou de deux femmes, indifféremment : il pouvait n'y avoir eu aucun chien, il pouvait y avoir eu un pré sous leurs pieds, ou le pavé ; et je ne me souvenais même pas de ce dont ils faisaient la réclame. Je ne le savais plus. Les détails que j'avais exhumés — maintenant j'en étais certaine — ne leur appartenaient pas à eux : ils étaient seulement le résultat d'un assemblage désordonné de vêtements et de gestes. Désormais ne ressortait plus avec netteté que ce beau visage jeune, olivâtre, aux cheveux noirs, un émiettement des traits de Polledro fils sur une ombre qui avait été Polledro père. Caserta parlait avec amabilité à Amalia, en tenant par la main son fils Antonio, qui avait exactement mon âge ; et ma mère me tenait moi, sans certainement remarquer qu'elle avait ma main dans la sienne. Je reconnaissais la bouche de Caserta qui bougeait vite et je voyais sa langue, rouge, avec le frein qui l'amarrait en l'empêchant de frétiller vers Amalia plus qu'elle n'essayait déjà de le faire. Je me rendis compte que, dans mon esprit, l'homme de carton du funiculaire avait pris les vêtements de Caserta et sa compagne ceux de ma mère. Le chapeau à plumes et à voilette avait fait un long voyage, provenant de Dieu sait quelle fête de mariage, avant de se poser là. J'ignorais le destin de l'écharpe mais je savais qu'elle était restée pendant des années autour du cou et sur une épaule de ma mère. Quant au tailleur — cousu, décousu, retourné — c'était le même que portait Amalia quand elle avait pris le train pour me rejoindre à Rome et fêter mon anniversaire. Que de choses traversent le temps en se détachant hasardeusement des corps et des voix des personnes. Ma mère connaissait l'art de faire durer les vêtements pour l'éternité.

Je dis enfin à Polledro, en le surprenant par un ton de civilité auquel il ne s'attendait pas, après tant de résistance muette :

« Je me souviens très bien. Tu es Antonio. Comment ai-je pu ne pas te reconnaître tout de suite? Tu as les mêmes yeux qu'autrefois. »

Je lui souris pour lui montrer que je n'étais pas hostile mais aussi pour comprendre si lui éprouvait de l'hostilité à mon égard. Il me fixa avec perplexité. Je le vis prêt à se pencher pour m'embrasser sur les deux joues, et puis il y renonça comme si quelque chose en moi lui répugnait.

« Qu'est-ce qu'il y a ? » demandai-je à l'homme des Vossi qui, maintenant, la tension de la première approche retombée, me regardait avec une certaine ironie, « Ma robe ne te plaît plus ? »

Après un moment d'incertitude, Polledro se décida. Il rit et me dit :

« Dans quel état tu es. Tu t'es vue? Viens, tu ne peux pas te balader comme ça. »

XVI

Il me poussa vers la sortie et puis, en courant, vers la station de taxis. Les gens, surpris par la pluie, s'entassaient sous l'auvent du métro. Le ciel était noir et le vent soufflait fort en abattant, oblique, un rideau d'une eau fine et serrée. Polledro me fit monter dans un taxi qui empestait le tabac. Il parlait avec rapidité et assurance, sans me laisser placer un mot, comme s'il avait la conviction que, forcément, j'éprouvais le plus extrême intérêt pour ce qu'il était en train de dire. Mais j'écoutais peu et mal, je n'arrivais pas à me concentrer. J'avais l'impression qu'il s'exprimait sans but précis avec une désinvolture frénétiquement exhibée qui lui servait seulement à contenir son anxiété. Je ne voulais pas qu'il me la communique.

Avec une certaine solennité il me présenta des excuses au nom de son père. Il dit qu'il ne savait pas comment faire : la vieillesse lui avait définitivement atteint le cerveau. Mais il me donna aussitôt l'assurance que le vieux n'était pas dangereux et qu'il n'était pas méchant non plus. Incontrôlable, ça oui : il avait un corps sain et robuste, il était toujours en vadrouille, il n'y avait pas moyen de le tenir en bride. Quand il réussissait à lui chaparder suffisamment d'argent, il disparaissait pendant des mois.

Brusquement il se mit à dresser l'inventaire des caissières qu'il avait dû licencier parce qu'elles avaient été subornées ou embobelinées par son père.

Tandis que Polledro parlait, je perçus son odeur : non pas l'odeur réelle, qui disparaissait sous celle de la transpiration et du tabac régnant dans le taxi, mais une odeur créée à partir de celle du magasin de pâtisserie et d'épices où nous avions souvent joué ensemble. La boutique appartenait à son grand-père et se trouvait à quelques pâtés de maisons de l'immeuble où habitaient mes parents. L'enseigne était en bois, bleu pâle, et de chaque côté de l'inscription « Produits coloniaux », il y avait un palmier et une femme noire avec des lèvres très rouges. Cette enseigne, mon père l'avait peinte à l'âge de vingt ans. Il avait également peint le comptoir de la boutique, d'une teinte qu'on appelait terre de Sienne brûlée et qui avait servi à faire le désert. Dans le désert, il avait mis beaucoup de palmiers, deux chameaux, un homme en bottes et saharienne, des avalanches de café, des danseuses africaines, un ciel bleu outre-mer et un croissant de lune. On arrivait comme un rien en face de ce paysage. Les enfants vivaient dans la rue, sans surveillance : je m'éloignais de la cour de la maison, je tournais au coin, je poussais la porte qui était en bois, mais avec une moitié de vitre dans la partie supérieure et une barre de métal en diagonale, et aussitôt une clochette tintait. J'entrais alors et la porte se refermait derrière moi. Les arêtes étaient capitonnées de tissu ou peut-être recouvertes de caoutchouc pour empêcher la porte de battre bruyamment. L'air sentait la cannelle et la crème. Sur le seuil, il y avait deux sacs aux bords roulés, remplis de café. En haut, sur le marbre du grand comptoir, certains bocaux de verre travaillé, avec des dessins en relief, montraient des dragées blanches, bleues et roses, les caramels mous au lait, de petites perles en sucre multicolores qui fondaient dans la bouche quand on versait sur la langue un liquide sucré, du réglisse en bâtonnets noirs, en lacets dénoués ou roulés, en forme de poissons ou de petites barques. Tandis que le taxi luttait avec le vent, avec la pluie, avec les rues inondées, avec la circulation, je ne parvenais pas à faire coïncider mon dégoût de la langue rouge de Caserta, des jeux à cœur battant avec l'enfant Antonio, de la violence et du sang qui en étaient dérivés, et cette odeur langoureuse que Polledro avait conservée dans son souffle.

Maintenant il cherchait à justifier son père. Parfois — me disait-il — il embêtait un peu les gens, mais il suffisait d'avoir de la patience : sans patience, vivre dans cette ville devenait difficile. D'autant que le vieux ne faisait pas grand mal. Le plus grand mal, il ne le causait pas à son prochain; il le causait au magasin Vossi quand il harcelait les clientes. Alors son sang montait à ses yeux et, s'il l'avait eu entre les mains, il aurait mis peu de temps pour oublier que c'était son père. Il me demanda s'il m'avait embêtée. Possible qu'il ne se soit pas rendu compte que j'étais la fille d'Amalia? Lui, quelques minutes lui avaient suffi, le temps de rassembler ses idées : je ne pouvais pas savoir le plaisir qu'il avait eu de me revoir. Il avait couru après moi, mais j'avais déjà disparu. Il avait vu son père, par contre, et ça l'avait fait sortir de ses gonds. Non, je ne pouvais pas comprendre. Il risquait son présent et son avenir, au magasin Vossi. Je le croyais s'il me disait qu'il n'avait pas un instant de répit? Mais son père ne se rendait pas compte de l'investissement économique et émotif engagé dans cette entreprise. Non, il ne se rendait pas compte. Il le tourmentait par des demandes continuelles d'argent, il le menaçait jour et nuit au téléphone et il faisait exprès de harceler ses clientes. D'un autre côté, que je n'aille pas penser qu'il était toujours comme je l'avais vu dans le funiculaire. A l'occasion, le vieux savait faire preuve de bonnes manières, un vrai monsieur, si bien que les femmes s'adressaient à lui. C'est ensuite, s'il changeait de registre, que les ennuis commençaient. Il en perdait de l'argent par la faute de son père, mais qu'est-ce qu'il pouvait faire ? Le tuer ?

Je lui disais sans conviction : oui, bien sûr, non, voyons. J'étais mal à l'aise. J'avais ma robe trempée. Je m'étais entrevue dans le petit rétroviseur intérieur du taxi et je m'étais aperçue que la pluie avait fait couler le masque du maquillage. La peau semblait un tissu granuleux et déteint, traversé par les rigoles noir-bleu du mascara. J'étais gelée. J'aurais préféré retourner chez mon oncle, savoir ce qui lui était arrivé, me rassurer, prendre un bain chaud, m'allonger. Mais la présence à mes côtés de ce corps massif, gonflé de nourriture, de boissons, de préoccupations et de rancœurs, qui portait enfoui au-dedans de lui un enfant tout odorant de clou de girofle, de mille-fleurs et de noix muscade, avec lequel j'avais joué en secret dans mon enfance, éveillait plus ma curiosité que les mots qu'il prononçait. J'excluais qu'il pût me raconter des choses que je ne me fusse déjà racontées pour mon propre compte. Je ne l'attendais pas. Mais de lui voir ces mains énormes, larges et trapues, et de me rappeler celles qu'il avait eues, enfant, et de sentir que c'étaient les mêmes, encore qu'elles n'aient gardé aucune marque de cette époque, j'en négligeais de lui demander où nous allions. Près de lui je me sentais miniaturisée, avec un regard et une stature qui ne m'appartenaient plus depuis longtemps. Je longeais le désert peint sur le comptoir du bar-épicerie, j'écartais une tenture noire et j'entrais dans un autre décor, où les paroles de Polledro ne parvenaient pas. Là, il y avait son grand-père, le père de Caserta, couleur bronze, chauve mais avec le crâne sombre, des yeux dont le blanc était rouge, la face allongée, peu de dents dans la bouche. Autour de lui s'accumulaient diverses machines mystérieuses. Avec l'une, de forme étirée, bleu pâle, traversée par une barre lumineuse, il fabriquait des glaces. Avec l'autre, il montait de la crème jaune dans un récipient où tournait un bras mécanique. Au fond il y avait un four électrique à trois compartiments, des judas obscurs lorsqu'il était éteint, des manettes noires. Et, derrière un comptoir de marbre, le grand-père d'Antonio, ténébreux, muet, pressait avec grande adresse un entonnoir de toile, dont la bouche dentée dégorgeait de la crème. La crème s'allongeait sur les pâtes à gâteaux et autour des pâtisseries en laissant une belle trace sinueuse. Il travaillait en m'ignorant. Je me sentais agréablement invisible. Je trempais un doigt dans le bac à crème, je mangeais un gâteau, je prenais un fruit confit, je chapardais des dragées d'argent. Il ne cillait pas. Jusqu'à ce qu'arrivât Antonio qui me faisait signe et ouvrait, dans le dos de son grand-père, la petite porte du sous-sol. De là, de ce lieu d'araignées et de moisi, surgissaient souvent, cent fois de suite et en quelques secondes, Caserta en manteau en poil de chameau et Amalia en tailleur foncé, parfois avec chapeau et voilette, parfois sans. Moi je les voyais et je cherchais à fermer les yeux.

« Mon père a été bien cette dernière année seulement », dit Polledro sur le ton de qui est prêt à en rajouter pour gagner un peu de la bienveillance de son auditeur. « Amalia a été avec lui d'une gentillesse, d'une compréhension à laquelle je ne me serais jamais attendu. »

A dire la vérité — poursuivit-il en changeant de ton — le

vieux lui avait piqué énormément d'argent pour s'habiller comme une gravure de mode et parader avec ma mère. Mais ce n'était pas pour cet argent que Polledro se lamentait. Son père lui en avait fait bien d'autres. Et il craignait que d'ici peu il ne s'embarquât dans des situations encore plus graves. Non, ç'avait vraiment été un sale coup : Amalia n'aurait pas dû faire ce qu'elle avait fait. Se noyer. Pourquoi ? Quel dommage, quel dommage. Sa mort avait été un terrible malheur.

A ce moment-là, Polledro parut accablé par le souvenir de ma mère et il commença à s'excuser de n'être pas venu à l'enterrement, de ne m'avoir pas présenté ses condoléances.

« C'était une femme exceptionnelle », répéta-t-il à plusieurs reprises, même si probablement ils ne s'étaient jamais adressé la parole. Et puis il me dit : « Tu le savais que mon père et elle, ils se voyaient ? »

Je répondis que oui, en regardant dehors par la vitre. Ils se voyaient. Et je me vis sur le lit de ma mère, tandis que j'observais avec stupeur mon vagin dans un petit miroir. Se voir : Amalia m'avait regardée, hésitante, et puis elle avait refermé sans hâte la porte de la chambre à coucher.

Maintenant le taxi suivait la route grise et embouteillée du bord de mer : une circulation dense et rapide, battue par la pluie et par le vent. La mer soulevait des vagues hautes. Depuis mon adolescence, j'avais rarement vu une tempête aussi impressionnante dans le golfe. Elle ressemblait aux naïves exagérations picturales de mon père. Sombres, la crête blanche, les vagues se dressaient et elles enjambaient sans difficulté la barrière de rochers, allant parfois jusqu'à éclabousser le pavé. Le spectacle avait rassemblé des groupes de curieux qui, sous des forêts de parapluies, criaient en se désignant les crêtes les plus hautes au moment où elles s'élançaient en mille éclats au-delà de la barrière de rochers.

« Oui, je le savais », lui répétai-je avec une conviction accrue.

Il se tut un moment, tout étonné. Puis il reprit en déviant sur sa vie : une sale existence, son mariage en miettes, trois enfants qu'il ne voyait plus depuis un an, une vie dure. Maintenant seulement il remontait la pente. Et il était dans une bonne passe. Moi ? Je m'étais mariée ? J'avais des enfants ? Comment ça se faisait ? Je préférais vivre libre et indépendante ? J'avais bien de la chance. A présent j'allais mettre un peu d'ordre dans ma tenue, et nous déjeunerions ensemble. Il devait voir des amis à lui mais, si ça ne me barbait pas, je pouvais l'accompagner. Son temps lui était compté pourtant ; avec les magasins, c'était comme ça. Si j'étais patiente, après nous pourrions causer un peu.

« Ça te va ? » pensa-t-il finalement à me demander.

Je lui souris en oubliant quelle mine j'avais et je le suivis hors du taxi, aveuglée par l'eau et le vent, contrainte de marcher vite sous la pression de sa main qui me serrait un bras. Il poussa une porte et m'entraîna devant lui comme un otage sans desserrer sa pression. Je me retrouvai dans le hall d'un hôtel au faste négligé, d'une opulence poussiéreuse et mangée aux mites. Malgré le bois précieux et les velours rouges, le lieu me sembla minable : des lumières trop basses pour un jour plombé, un bourdonnement intense de voix aux intonations dialectales, une confusion d'assiettes et de couverts provenant d'une grande salle sur ma gauche, les allées et venues de serveurs qui échangeaient des grossièretés, une odeur grasse de cuisine.

« Moffa est là ? » demanda Polledro en s'adressant en dialecte à quelqu'un de la réception. Celui-ci lui répondit par un signe agacé qui voulait dire : il est là et comment ; ça fait un bon moment qu'il est là. Polledro me quitta et se hâta de rejoindre l'entrée du salon où se déroulait un banquet. L'homme de la réception en profita pour me lancer un regard dégoûté. Je me vis dans un grand miroir vertical qu'enfermait un cadre doré. Ma robe légère me collait au corps. Je paraissais plus maigre et en même temps plus musclée. Mes cheveux étaient tellement plaqués sur mon crâne qu'ils semblaient peints. Le visage avait l'air décomposé par une sale maladie de peau, bleuâtre de mascara autour des yeux, avec des écailles ou des plaques sur les pommettes et sur les joues. Je portais, en le laissant pendre d'une main avec lassitude, le sac de plastique où j'avais fourré toutes les choses retrouvées dans la valise de ma mère.

Polledro revint sur ses pas avec un air contrarié. Je compris qu'il était en retard par la faute de son père et peut-être par ma faute à moi.

« Et comment je vais faire à présent ? dit-il au type de la réception.

— Assieds-toi, mange et, à la fin du repas, tu lui parles.

— Tu ne peux pas me trouver une place à sa table ?

— Ça va pas la tête », dit l'homme. Et il expliqua ironiquement, comme s'il énonçait des évidences à des gens de maigre jugeote, qu'à la table de ce Moffa il y avait les professeurs, le recteur, le maire, l'assesseur à la culture et leurs épouses. Pas question de penser à une place à une table pareille.

Je regardai mon ami d'enfance : lui aussi était trempé de pluie et en désordre. Je vis qu'il répondait à mon regard avec embarras. Il était agité, sur son visage apparaissaient et disparaissaient des traits de l'enfant que je me rappelais. Cela me fit de la peine et je n'en fus pas contente. Je m'éloignai vers la salle à manger pour lui permettre de se quereller avec l'homme de la réception sans se sentir obligé de tenir compte de ma présence.

Je m'appuyai à la porte vitrée qui donnait sur le restaurant, veillant à n'être pas renversée par les serveurs qui entraient et sortaient. Les voix fortes et le tintement des couverts me semblèrent d'un volume insupportable. Une sorte de déjeuner d'inauguration ou peut-être de clôture battait son plein, pour Dieu sait quel congrès ou colloque. Il y avait au moins deux cents personnes. Je fus frappée par la disparité évidente des convives. Certains étaient raides, absorbés, mal à l'aise, parfois ironiques, parfois complaisants, d'une sobre élégance dans l'ensemble. D'autres étaient congestionnés, ils se démenaient entre la nourriture et les jactances, ils avaient chargé leur corps de tout ce qui pouvait signaler leur capacité à dépenser en répandant l'argent à flots. C'étaient surtout les femmes qui résumaient à elles seules les différences entre leurs hommes. Des minceurs contenues dans des robes de facture raffinée, nourries avec beaucoup de parcimonie et doucement éclairées par des sourires polis, étaient assises à côté de corps débordants, serrés dans des robes aussi coûteuses que tape-à-l'œil, colorés et scintillants d'ors et de bijoux, bilieusement muets ou papotants et riants.

D'où je me trouvais, il était difficile de comprendre quels avantages, quelles complicités, quelles ingénuités avaient pu conduire des gens aussi visiblement différents à la même table. Et d'ailleurs ça ne m'intéressait pas de le savoir. Ce qui me frappa seulement, c'est que la salle semblait un de ces lieux où, enfant, je m'imaginais que ma mère s'échappait à peine elle sortait de la maison. Si Amalia était entrée à ce moment dans son tailleur bleu d'il y a dix ans, avec son écharpe délicatement colorée et son chapeau à voilette, au bras de Caserta en manteau en poil de chameau, elle aurait sûrement croisé ostensiblement les jambes et elle aurait fait scintiller ses yeux à droite et à gauche avec allégresse. C'était à des fêtes de nourritures et d'éclats de rire comme celle-là que je la faisais aller quand elle quittait la maison sans moi et que j'étais convaincue qu'elle ne reviendrait plus jamais. J'inventais qu'elle était couverte d'or et d'argent, qu'elle mangeait sans retenue. J'étais sûre qu'elle aussi, à peine hors de la maison, sortait de sa bouche une langue longue et rouge. Je pleurais dans le cagibi, à côté de la chambre à coucher.

« Maintenant il va te donner la clef », me dit Polledro en parlant dans mon dos, sans la gentillesse d'avant, d'une manière grossière au contraire. « Tu t'arranges un peu et tu me rejoins à cette table-là. »

Je le vis traverser la salle, frôler une longue table, adresser un salut déférent à un vieil homme en train de parler à voix très haute avec une femme soignée, stricte, les cheveux bleu turquin, une coiffure d'une autre époque. Le salut fut ignoré. Polledro regarda ailleurs, furieux, et il alla s'asseoir, en me tournant le dos, à une table où un homme gras aux moustaches très noires et une femme très maquillée, dont au moment de s'asseoir la robe était remontée trop haut au-dessus des genoux, dévoraient en silence, mal à l'aise.

Cela me déplut qu'il m'eût parlé de cette façon. C'était un ton de voix qui donnait des instructions et qui n'admettait pas de réplique. J'eus l'idée de traverser la salle et de dire à mon ex-compagnon de jeux que je m'en allais. Mais je fus retenue par l'aspect que j'étais consciente d'avoir et par cette expression : compagnon de jeux. Quels jeux ? Il y avait eu des jeux que j'avais joués avec lui juste pour voir si je savais les jouer comme j'imaginais que le faisait en secret Amalia. Ma mère pédalait toute la journée sur sa Singer comme un cycliste en échappée. A la maison elle vivait humble et fuyante, cachant ses cheveux, ses écharpes colorées, ses vêtements. Mais je soupçonnais, exactement comme mon père, que hors de la maison elle riait différemment, respirait différemment, orchestrait les mouvements de son corps de manière à laisser tout le monde éberlué. Elle tournait au coin et elle entrait dans la boutique du grand-père d'Antonio. Elle glissait autour du comptoir, mangeait des gâteaux et des dragées argentées, zigzaguait sans se salir entre les pâtissoires et les moules à tarte. Puis Caserta arrivait, il ouvrait la petite porte de fer et ils descendaient ensemble au fond du sous-sol. Là ma mère dénouait ses immenses cheveux noirs et ce mouvement brusque remplissait d'étincelles l'air sombre qui sentait la terre et le moisi. Ensuite, ils se couchaient tous les deux à plat ventre par terre et ils rampaient en ricanant. De fait le sous-sol s'ouvrait comme un espace vide, long mais bas de plafond. On ne pouvait y avancer qu'à quatre pattes, au milieu des débris de bois et de fer, des caisses et des caisses pleines de vieilles bouteilles pour les conserves de tomates, des souffles de chauves-souris et des frôlements de rats. Caserta et ma mère rampaient en fixant les grosses fenêtres blanches de lumière qui s'ouvraient à intervalles réguliers sur leur gauche. C'étaient des soupiraux coupés par neuf barreaux et recouverts d'un treillis pour empêcher les rats de passer. De l'extérieur, les enfants scrutaient le noir et les flaques de lumière, en s'imprimant la marque du grillage sur le nez et sur le front. Eux au contraire, de l'intérieur, les surveillaient pour être sûrs de ne pas être vus. Bien cachés dans les zones les plus obscures, ils se touchaient l'un l'autre entre les jambes. Moi, pendant ce temps, je me distrayais pour ne pas pleurer et, puisque le grand-père d'Antonio ne marquait aucune intention de m'en empêcher mais espérait se venger d'Amalia en me faisant mourir d'indigestion, je me gavais de caramels mous, de réglisse, de crème raclée au fond de la cuve où elle était fabriquée.

« La 208, au deuxième étage », me dit un garçon. Je pris la clef et je renonçai à l'ascenseur. Je m'éloignai à pas lents en montant un vaste escalier le long duquel courait un tapis rouge fixé par des tringles dorées.

XVII

La chambre 208 était sordide comme celle d'un hôtel de troisième catégorie. Elle se trouvait au fond d'un couloir aveugle et mal éclairé. Elle jouxtait un débarras laissé négligemment ouvert et encombré de balais, de tables roulantes, d'aspirateurs, de linge sale. Les murs avaient une couleur jaunâtre et, au-dessus du lit à deux places, il y avait une Madone de Pompei avec un rameau séché d'olivier enfilé entre le clou et le triangle de métal qui tenait l'image dans son cadre. Les sanitaires qui, vu les prétentions de l'hôtel, auraient dû être cerclés du papier garantissant l'hygiène étaient sales comme s'ils venaient à peine de servir. La poubelle n'avait pas été vidée. Entre le grand lit et le mur il y avait un passage étroit qui permettait d'accéder à la fenêtre. Je l'ouvris en espérant qu'elle regardait la mer : naturellement elle donnait sur une cour intérieure. Je m'aperçus qu'il ne pleuvait plus.

En premier lieu, je cherchai à téléphoner. Je m'assis en évitant de me regarder dans le miroir que j'avais en face de moi. Je laissai le téléphone sonner un bon moment mais mon oncle Filippo ne répondit pas. Alors je fouillai le sac de plastique où j'avais fourré les affaires que ma mère avait dans sa valise, j'en sortis la robe de chambre de satin couleur poudre de riz et la robe bleue, très courte. Le vêtement, enfilé sans soin dans le sac, était tout chiffonné. Je le déposai sur le lit en le repassant de mes mains. Puis je pris la robe de chambre et j'allai dans la salle de bains.

Je me déshabillai et je m'enlevai le tampon : mes règles semblaient brusquement finies. J'enveloppai le tampon dans du papier hygiénique et je le jetai dans la poubelle. Je contrôlai le socle de la douche : il présentait, distribués aux bords de la porcelaine, de répugnants poils courts et noirs. Je fis longuement couler l'eau avant de me mettre sous le jet. Je me rendis compte avec satisfaction que je parvenais à dominer la nécessité où j'étais de me presser. J'étais séparée de moi : la femme qui voulait être expulsée, les yeux hagards, était observée sans passion par la femme sous l'eau. Je me savonnais avec soin et je faisais en sorte que chaque geste appartînt à un monde extérieur dépourvu d'échéances. Je ne suivais personne et personne ne me suivait. Je n'étais pas attendue et je n'attendais pas de visites. Mes sœurs étaient parties pour toujours. Mon père était assis dans sa vieille maison devant son chevalet et il peignait des bohémiennes. Ma mère qui, depuis des années, existait seulement comme une charge pénible, parfois comme une hantise, était morte. Tandis que je me frottais vigoureusement le visage, en particulier autour des yeux, je réalisai avec une tendresse inattendue que, au contraire, j'avais Amalia sous ma peau, comme un liquide chaud qui m'avait été injecté Dieu sait quand.

Je frottai soigneusement mes cheveux mouillés jusqu'à les rendre presque secs et je vérifiai dans le miroir qu'il ne m'était pas resté de mascara entre les cils. Je vis ma mère telle qu'elle apparaissait sur sa carte d'identité et je lui souris. Puis je revêtis la robe de chambre de satin et pour la première fois de ma vie, malgré cette détestable couleur poudre de riz, j'eus l'impression d'être belle. J'éprouvai, sans motif apparent, la même bonne surprise que lorsque je trouvais dans des endroits inattendus les cadeaux qu'Amalia avait cachés en feignant dans le même temps d'avoir par négligence oublié les dates et les fêtes. Elle nous tenait sur le gril jusqu'à ce que le cadeau surgît à l'improviste de recoins de la vie quotidienne qui n'avaient rien de commun avec le caractère exceptionnel du présent. A nous voir heureuses, elle était plus heureuse que nous.

Je compris soudain que le contenu de la valise n'était pas destiné à elle mais à moi. Le mensonge que j'avais raconté à la vendeuse du magasin Vossi était en fait la vérité. La robe bleue aussi, qui m'attendait sur le lit, était sûrement à ma taille. Je m'en rendis compte d'un coup, comme si c'était la robe de chambre même qui, sur ma peau, me le racontait. Je glissai les mains dans les poches, certaine que j'y trouverais le petit mot de vœux. Il était là, en effet, préparé pour me surprendre. J'ouvris l'enveloppe et je lus la graphie élémentaire d'Amalia, avec ces lettres ornées que personne ne sait plus faire : « Bon anniversaire, Delia. Ta mère. » Aussitôt après je m'aperçus que j'avais les doigts légèrement salis de sable : je remis les mains dans les poches et je découvris qu'il y en avait au fond une fine couche. Ma mère avait revêtu cette robe de chambre avant de se noyer.

XVIII

Je ne m'aperçus pas que la porte s'ouvrait. J'entendis par contre que quelqu'un la refermait à clef. Polledro enleva sa veste et la jeta sur une chaise. Il dit en dialecte :

« Ils ne me donneront pas une lire. »

Je le regardai avec perplexité. Je ne comprenais pas de quoi il parlait ; peut-être d'un emprunt bancaire, peut-être d'un prêt usuraire, peut-être d'un dessous de table. On aurait dit un mari fatigué qui croyait pouvoir me raconter ses ennuis comme si j'étais sa femme. Sans sa veste on pouvait voir la chemise gonflée à la ceinture du pantalon, le thorax aux seins larges et lourds. Je m'apprêtai à lui dire de quitter la chambre.

« En revanche ils veulent récupérer l'argent qu'ils m'ont avancé », continua-t-il à monologuer depuis la salle de bains et sa voix me parvint à travers la porte ouverte en même temps que le ruissellement de l'urine dans la cuvette. « Mon père est allé demander de l'argent à Moffa sans me prévenir. A son âge il s'est mis en tête de reprendre l'ancienne pâtisserie de la via Gianturco et d'y faire qui sait quoi. Selon son habitude, il a raconté des bobards. Et comme ça, maintenant Moffa ne me fait plus confiance. Il dit que je ne sais pas tenir le vieux. Ils m'enlèveront le magasin.

— Nous ne devions pas déjeuner ensemble ? » demandai-je.

Il passa devant moi comme s'il n'avait pas entendu. Il alla à la fenêtre et il abaissa les persiennes. Il ne resta que la faible lumière qui sortait de la porte ouverte de la salle de bains.

« Tu en as pris trop à ton aise, me reprocha-t-il enfin. Ça veut dire que tu sauteras le repas : à quatre heures, je rouvre le magasin, je n'ai pas beaucoup de temps. »

Je regardai machinalement les aiguilles phosphorescentes de ma montre : il était trois heures moins dix.

« Laisse-moi m'habiller, dis-je.

— Tu es bien comme ça, répondit-il. Mais prépare-toi à tout me rendre : les robes, robe de chambre et slips. »

Je commençai à sentir mon cœur qui battait. Je supportais mal son dialecte et l'hostilité qui s'en dégageait. En outre je ne voyais plus l'expression de son visage, ce qui m'empêchait de comprendre jusqu'à quel point il mettait en scène un modèle personnel, très élémentaire, de virilité, et jusqu'à quel point au contraire ce modèle matérialisait de réelles intentions de violence. Je ne voyais de lui que la silhouette sombre qui était en train de dénouer sa cravate.

« Ces affaires sont à moi, ripostai-je en articulant soigneusement les mots. Ma mère me les a offertes pour mon anniversaire.

— Ces affaires, mon père les a prises au magasin. C'est pour ça que tu vas me les redonner », répondit-il avec une légère intonation infantile dans la voix.

J'écartai l'hypothèse d'un mensonge. Je m'imaginai Caserta qui choisissait ces vêtements pour moi : couleurs, taille, modèles. J'eus un mouvement de dégoût.

« Je prends seulement la robe et je te laisse tout le reste », décidai-je. Puis je tendis la main vers le lit pour attraper le vêtement et filer dans la salle de bains, mais le geste fendit l'air avec une rapidité excessive et il entraîna avec lui la Madone de Pompei et le rameau séché d'olivier. Je devais faire des gestes plus lents. J'imposai à mon bras un mouvement retenu pour éviter que toute la pièce ne s'animât et que chaque chose, sous l'effet de l'anxiété, ne se mît à se déplacer. Je haïssais les moments où la frénésie prenait le dessus.

Polledro remarqua mon hésitation et il me saisit le poignet. Je restai sans réaction, surtout pour éviter que, voulant couper net toute ébauche de résistance, il ne m'attirât contre lui avec force. Je me savais capable de tenir en respect l'impression de violence menaçante à la seule condition que la rapidité des mouvements me semblerait déterminée par moi.

Il m'embrassa sans me prendre dans ses bras, mais en continuant de me serrer solidement le poignet. Il posa d'abord ses lèvres sur les miennes et ensuite il essaya de me les ouvrir avec sa langue. Il le fit d'une façon telle que je fus rassurée : oui, il ne se comportait que comme il pensait qu'un homme devait se comporter en pareille circonstance, mais sans réelle agressivité et peut-être sans conviction. Il avait probablement baissé les persiennes pour profiter de l'obscurité et sans le faire voir changer de regard, détendre les muscles de son visage.

J'entrouvris les lèvres. Quarante ans plus tôt, je m'étais imaginé avec une horreur fascinée qu'Antonio enfant avait la même langue que Caserta, mais je n'en avais jamais eu la preuve. Petit, Antonio n'avait pas marqué d'intérêt pour les baisers : il préférait m'explorer l'accès du vagin avec ses doigts sales et dans le même temps me tirer la main vers ses culottes courtes. Puis, au fil des années, j'avais découvert que la langue de Caserta était de pure imagination. Aucun des baisers qu'on m'avait donnés ne m'avait semblé comparable aux siens, tels que je m'étais figuré qu'il les donnait à Amalia. Antonio aussi, à l'âge adulte, me confirmait qu'il n'était pas à la hauteur de ces imaginations. Il ne m'embrassa pas avec beaucoup de conviction. A peine il se rendit compte que j'acceptais d'ouvrir la bouche, il me poussa avec une impétuosité exagérée la langue entre les dents et aussitôt, tout en continuant à me serrer le poignet, il passa ma main sur son pantalon. Je sentis que je n'aurais pas dû ouvrir les lèvres.

« Pourquoi dans le noir ? » lui demandai-je à voix basse, ma bouche contre la sienne. Je voulais l'entendre parler pour m'assurer définitivement qu'il ne chercherait pas à me faire du mal. Mais il ne me répondit pas. Son souffle se fit court, il m'embrassa sur une joue, me lécha le cou. Dans le même temps il ne cessait pas de presser fortement ma main sur l'étoffe de son pantalon. Il le faisait avec insistance pour que je comprenne que je ne devais pas rester inerte, la paume ouverte. Je serrai son sexe. Alors seulement il lâcha mon poignet et m'embrassa avec force. Il murmura quelque chose que je ne compris pas et il se pencha légèrement pour chercher les mamelons de mes seins, me repoussant le buste en arrière, éprouvant de sa bouche le tissu de satin et mouillant de salive ma robe de chambre.

Je sus alors qu'il ne se produirait rien de nouveau. Un rite bien connu commençait, auquel depuis ma jeunesse je m'étais souvent soumise, en espérant que, changeant fréquemment d'homme, mon corps finirait par inventer une fois ou l'autre des réponses adaptées. Mais la réponse avait toujours été la même, identique à celle que je développais présentement. Polledro avait ouvert ma robe de chambre pour me sucer les seins et je commençais à éprouver un plaisir léger, non localisé, comme si de l'eau chaude coulait sur mon corps engourdi. Pendant ce temps, d'une main, veillant à ne pas déranger la mienne qui lui serrait le membre sous l'étoffe, il me caressait le sexe avec une fougue excessive, excité par la découverte que je n'avais pas de slip. Mais moi, je ne sentais rien, que ce plaisir diffus, agréable et néanmoins dépourvu d'urgence.

Depuis longtemps j'étais sûre que je ne dépasserais jamais ce seuil. Il me fallait seulement attendre qu'il éjacule. D'un autre côté, comme toujours, je n'éprouvais aucune nécessité impérieuse de l'aider, au contraire j'avais du mal à me remuer. Je devinais qu'il s'attendait à ce que je lui déboutonne son pantalon, que je lui sorte son pénis, que je ne me limite pas à le lui serrer. Je sentais qu'il agitait le bassin en cherchant à me transmettre de trépidantes instructions. Je ne parvenais pas à répondre. Je craignais que ma respiration, déjà lente, n'en vînt à s'arrêter complètement. En outre j'étais paralysée par l'embarras croissant que me procurait l'abondance des humeurs que j'étais en train de verser.

Dans mon adolescence aussi, quand je cherchais à me masturber, ça se passait comme ça. Le plaisir se répandait tièdement, sans aucun crescendo, et la peau commençait aussitôt à se mouiller. J'avais beau me caresser, j'obtenais seulement que les liquides de mon corps débordent : la bouche, au lieu de devenir sèche, se remplissait d'une salive qui me paraissait glacée ; la sueur coulait du front, du nez, des joues ; les aisselles se changeaient en flaques ; pas un centimètre de peau qui restât sec ; le sexe se faisait tellement fluide que les doigts glissaient dessus sans frottement et je ne savais plus si j'étais vraiment en train de me toucher ou si j'imaginais seulement que je le faisais. La tension de l'organisme ne réussissait pas à monter : je restais épuisée et insatisfaite.

De tout cela Polledro pour le moment ne semblait pas s'apercevoir. Il me poussa vers le lit sur lequel, afin que nous n'y tombions pas ensemble avec la rapidité induite par son poids, je m'assis d'abord avec précaution avant de m'allonger, soumise. Je vis son ombre s'attarder quelques secondes, indécise. Puis il ôta ses chaussures, son pantalon, son slip. Ensuite il monta sur le lit à genoux et il se mit sur moi à califourchon, s'appuyant sur mon ventre légèrement, sans peser.

« Alors ? murmura-t-il.

— Viens », lui dis-je, mais en restant immobile. Il gémit, le buste bien raide : il espérait que finalement son sexe, large et trapu dans la pénombre, allait mêler ses désirs à ceux qu'il attribuait au mien. Comme il ne se passa rien, après avoir longuement respiré, il avança une main et se remit à fouiller entre mes jambes. Il dut croire qu'ainsi il me conduirait finalement à réagir : par passion, par pitié maternelle, la modalité de la réaction ne lui paraissait pas importante ; il cherchait seulement le déclic qui me stimulerait. Mais ma complaisance sans participation commença de le désorienter. Je pensai, comme toujours en pareille circonstance, que j'aurais dû feindre une frénésie de soupirs et d'émoi incontrôlée ou le repousser. Mais je n'osai faire ni l'un ni l'autre : je craignais de me trouver forcée à courir vomir sous l'effet des vagues de tremblement de terre qui en seraient dérivées. Il suffisait d'attendre. Du reste je ne sentais déjà plus ses doigts : peut-être s'était-il retiré avec dégoût, peut-être me touchait-il encore, mais j'avais perdu toute sensibilité.

Déçu, Polledro me prit les mains et se les porta autour du sexe. A ce moment je compris qu'il n'entrerait jamais dans mon vagin, à moins d'avoir la conviction que je le désirais. Je m'aperçus, du reste, que son érection commençait à flancher comme un néon défectueux. Il s'en rendit compte lui aussi et se déplaça vers l'avant pour avoir le ventre très près de ma bouche. J'éprouvai une vague sympathie pour lui, comme s'il était vraiment l'Antonio enfant que j'avais connu, et je voulais le lui dire, mais pas un filet de voix ne sortit de moi : il se frottait lentement contre mes lèvres et j'eus peur qu'un léger, imperceptible mouvement de la bouche n'échappât à mon contrôle jusqu'à lui déchirer le sexe.

« Pourquoi es-tu venue au magasin? dit-il alors avec dépit en se laissant glisser de nouveau en arrière le long de mon corps trempé de sueur. Ce n'est pas moi qui suis venu te chercher.

— Je ne savais même pas qui tu étais, lui répondis-je.

— Et toutes ces histoires? La robe, le slip... Que voulais-tu?

— Je n'étais pas venue pour te voir toi, lui dis-je, mais sans agressivité. Je voulais seulement rencontrer ton père. Je voulais savoir ce qui était arrivé à ma mère avant qu'elle ne se noie. »

Je me rendis compte qu'il n'était pas convaincu et qu'il essayait à nouveau de me caresser. Je secouai la tête pour lui faire comprendre : assez. Il s'affaissa sur moi, mais un instant. Il se retira aussitôt avec un mouvement de répulsion en me sentant moite.

« Tu ne vas pas bien, dit-il en hésitant.

— Je vais bien. Mais si même j'étais malade, il serait trop tard pour me guérir. »

Polledro se remit sur le dos à côté de moi, résigné. Je vis

dans la pénombre qu'avec le drap il s'essuyait les doigts, le visage, les jambes ; puis il alluma la lumière sur la table de nuit.

« Tu as l'air d'un fantôme », me dit-il en me regardant sans ironie et, avec un pan de la chemise qu'il avait gardée sur lui, il se mit à m'essuyer le visage.

« Ce n'est pas de ta faute », le rassurai-je et je le priai d'éteindre à nouveau la lumière. Je ne voulais pas être vue et je ne voulais pas le voir. Ainsi, égaré et désolé, il ressemblait trop au Caserta que j'avais imaginé ou vu vraiment quarante ans plus tôt. L'impression fut si intense que l'idée me vint même de lui raconter aussitôt, dans le noir, tout ce qui se pressait autour de son visage si différent de celui, bouffi et camorriste, qu'il m'avait présenté pendant toute la matinée. En parlant, je voulais m'effacer moi autant que lui, dans ce lit, moi et lui si différents des enfants de jadis. Nous n'avions en commun que les violences auxquelles nous avions assisté.

Quand mon père sut qu'Amalia et Caserta se voyaient secrètement dans le sous-sol — songeai-je à lui raconter tout doucement — il ne perdit pas de temps. Avant tout, il poursuivit Amalia dans le couloir, puis dans les escaliers, puis dans la rue. Je sentis sur lui, quand il passa devant moi, l'odeur des couleurs à l'huile, et il me sembla que lui-même était très coloré.

Ma mère s'enfuit sous le pont de la voie ferrée, elle glissa dans une flaque de boue, fut rattrapée et ramassa des coups de poing, des gifles, un coup de pied dans les côtes. Une fois qu'il lui eut infligé une bonne correction, il la raccompagna en sang à la maison. A peine essayait-elle de parler, il recommençait à la frapper. Je la regardai longuement, meurtrie, sale, et elle me regarda longuement, tandis que mon père expliquait ce qui s'était passé à l'oncle Filippo. Amalia avait un regard étonné : elle me fixait et elle ne comprenait pas. Alors, dépitée, je m'en allai épier les deux autres.

Mon père et l'oncle Filippo s'étaient mis à l'écart et je pouvais les observer de la fenêtre : c'étaient de petits soldats de plomb qui prenaient de graves décisions dans la cour. Ou des militaires à découper et à coller dans un album d'images, l'un à côté de l'autre afin qu'ils puissent se parler à mi-voix. Mon père avait chaussé des bottes et endossé une saharienne. L'oncle Filippo s'était mis en uniforme vert olive, ou peut-être blanc, ou noir. Pas seulement : il avait pris un revolver.

Ou bien il resta en civil, même si dans la pénombre de la chambre 208 une voix disait encore : « Il le tuera, il a pris son revolver. » Peut-être étaient-ce ces sons qui me faisaient voir mon père en bottes, l'oncle Filippo en uniforme, ses deux bras accrochés à son torse et le revolver dans la main droite. Ensemble ils suivaient Caserta jeune, noir avec son manteau en poil de chameau, montant les escaliers de chez lui. Derrière eux, à distance pour n'être pas de nouveau tabassée, ou parce qu'elle n'en pouvait plus et qu'elle n'arrivait plus à courir, il y avait Amalia avec son tailleur bleu et son chapeau à plumes, disant à voix basse, de plus en plus hébétée : « Ne le tuez pas, il n'a rien fait. »

Caserta habitait au dernier étage, mais il fut rattrapé une première fois au deuxième. Là les trois hommes s'étaient arrêtés comme pour un conciliabule. De fait, ils avaient émis à l'unisson un brouhaha d'insultes en dialecte, un long répertoire de mots qui s'achevaient sur des consonnes comme si la voyelle finale était précipitée dans un abîme et que le reste du mot gémissait sourdement de chagrin.

Le répertoire épuisé, Caserta avait été poussé vers le bas des marches et il avait débaroulé jusqu'au premier étage. Il s'était relevé à l'extrémité de la rampe et il était remonté de nouveau en courant : pour aller audacieusement sus aux vengeurs ou pour tenter de rejoindre sa maison et sa famille au quatrième étage, on ne sait. Toujours est-il qu'il avait réussi à passer et, avec une main qui courait légère le long de la rampe mais s'y accrochait ensuite quand le corps se courbait sans que les jambes cessent de monter quatre à quatre, il s'était vrillé jusqu'au sommet des escaliers, à la porte de chez lui, sous une grêle de coups de pied qui le manquaient et de crachats qui, parfois, le frappaient comme des météores.

Mon père l'avait rattrapé le premier en le renversant à terre. Il lui avait redressé la tête par les cheveux en la lui battant contre la rampe. Les coups mats s'étaient étirés en un écho interminable. Enfin, ils l'avaient laissé sans connaissance, baignant dans son sang sur le sol, avant tout sur le conseil du beau-frère qui avait peut-être le revolver mais était plus sage. Filippo tenait mon père par un bras et le tirait avec dignité : il le faisait parce que sinon mon père aurait laissé là, par terre, Caserta mort. La femme de Caserta aussi entraînait mon père : elle était cramponnée à son autre bras. D'Amalia, il n'était resté que la voix, qui disait : « Ne le tuez pas, il n'a rien fait. » Antonio, qui avait été mon compagnon de jeux, pleurait mais la tête en bas, suspendu au-dessus de la cage d'escalier comme s'il volait.

J'entendis Polledro respirer en silence à côté de moi et j'eus pitié pour l'enfant qu'il avait été. « Je m'en vais », lui dis-je.

Je me levai et je passai aussitôt la robe bleue pour éviter son regard sur mon ombre. Je sentis que la robe m'allait parfaitement. Alors, je cherchai dans le sac de plastique un slip blanc et je l'enfilai aussi, en le faisant glisser sous la robe. Puis j'allumai la lumière. Polledro avait un regard absent. Je le vis et je ne parvins plus à penser qu'il avait été Antonio, qu'il ressemblait à Caserta. Son corps lourd gisait dans le lit, nu de la ceinture jusqu'aux pieds. C'était celui d'un étranger, sans liens évidents avec ma vie passée et avec ma vie présente, si j'excluais la trace humide que je lui avais laissée sur le flanc. Mais je lui fus également reconnaissante pour la dose minime d'humiliation et de souffrance qu'il m'avait infligée. J'ai fait le tour du lit, je me suis assise au bord, de son côté, et je l'ai masturbé. Il me laissa faire, les yeux fermés. Il éjacula sans un gémissement, comme s'il n'éprouvait aucun plaisir.

XIX

La mer s'était changée en une pâte violacée. Les rumeurs de la tempête et celles de la ville faisaient un mélange furieux. Je traversai la rue en évitant les autos et les flaques. Plus ou moins indemne, je m'arrêtai pour considérer les façades des grands hôtels alignés le long du flux féroce des voitures. Chaque ouverture de ces édifices était orgueilleusement fermée contre le bruit de la circulation et de la mer.

J'allai en autobus jusqu'à la piazza Plebiscito. Après des pérégrinations à travers les cabines dévastées et les bars aux appareils hors d'usage, je finis par trouver un téléphone et je fis le numéro de l'oncle Filippo. Je n'obtins pas de réponse. Je pris la via Toledo alors que les magasins baissaient leurs rideaux de fer et que le mouvement des passants était déjà intense. Les gens s'agglutinaient exclusivement à l'entrée des ruelles, escarpées et noires sous des bandes de ciel sombre. A la hauteur de la piazza Dante, j'achetai un peu de chocolat mais je le fis dans la seule intention de humer l'air liquoreux de la boutique. En fait, je n'avais envie de rien : j'étais tellement distraite que j'oubliais de porter le chocolat à ma bouche et que je le laissais fondre entre mes doigts. Je prêtais peu attention aux regards insistants des hommes.

Il faisait chaud et à la Port'Alba il n'y avait ni air ni lumière. Sous la maison de ma mère, je fus attirée par des cerises gonflées et brillantes. J'en achetai un demi-kilo, je me glissai sans plaisir dans l'ascenseur et j'allai sonner à la porte de la veuve De Riso.

La femme m'ouvrit avec sa circonspection habituelle. Je lui montrai les cerises, je lui dis que je les avais prises pour elle. Elle écarquilla les yeux. Elle libéra la porte de sa chaîne et me pria d'entrer, visiblement satisfaite de ce présent d'une sociabilité inespérée.

« Non, dis-je, venez plutôt chez moi. J'attends un coup de téléphone. » Puis j'ajoutai quelque chose à propos des fantômes : j'étais certaine — lui assurai-je — que, en quelques heures, ils devenaient de moins en moins autonomes. « Au bout de peu de temps ils commencent à faire et à dire uniquement ce que nous leur ordonnons de faire. Si nous voulons qu'ils restent cois, à la fin ils restent cois. »

L'expression « rester coi » eut sur Mme De Riso une sorte d'effet de suggestion linguistique. Pour accepter l'invitation elle chercha un italien à la hauteur du mien; puis elle ferma la porte de chez elle à clef tandis que j'ouvrais la porte de chez ma mère.

Dans l'appartement on étouffait. Je me hâtai d'ouvrir grand les fenêtres et je mis les cerises dans un récipient de plastique. Je laissai couler l'eau pendant que la vieille dame, après un regard panoramique plein de suspicion, allait s'asseoir quasi mécaniquement à la table de la cuisine. Elle me dit, pour se justifier, que ma mère lui demandait toujours de s'installer là.

Je disposai les cerises devant elle. Elle attendit que je l'invite à en prendre et, quand je le fis, elle en porta une à sa bouche avec un geste enfantin qui me plut : elle la prit par la queue et l'abandonna dans sa bouche en faisant tourner le fruit entre la langue et le palais sans le mordre, la petite tige verte dansant le long de ses lèvres pâles ; puis elle saisit de nouveau la queue entre ses doigts et la détacha avec un léger plop.

« Bonne », dit-elle et, plus détendue, elle se mit à me faire des compliments sur la robe que je portais. Puis elle souligna : « Je l'avais bien dit que la bleue t'irait mieux que l'autre. »

Je regardai ma robe et ensuite je la regardai elle pour être sûre qu'elle parlait vraiment de celle-ci. Elle n'avait aucun doute, poursuivit-elle : elle m'allait tout à fait bien. Quand Amalia lui avait montré mes cadeaux d'anniversaire, elle avait tout de suite réalisé que la robe qu'il fallait pour moi, c'était celle-ci. Ma mère aussi semblait convaincue. La veuve De Riso me raconta qu'elle était tout euphorique. Ici même, dans la cuisine, devant cette même table, elle mettait contre elle tantôt la lingerie, tantôt les robes en répétant : « Ça lui ira bien. » Et elle était très satisfaite de la manière dont elle s'était procuré ces affaires.

« Comment ? demandai-je.

— Cet ami à elle », dit la veuve De Riso. Il lui avait proposé un marché : il voulait toute sa vieille lingerie en échange de ces choses neuves. Ça ne lui coûtait quasiment rien, ce troc. Il était propriétaire d'un magasin de grand luxe sur le Vomero. Amalia, qui le connaissait depuis sa jeunesse et le savait très doué pour les affaires, soupçonnait qu'il voulait partir de ces vieilles culottes et de ces combinaisons raccommodées pour inventer Dieu sait quelle nouvelle marchandise. Mais la veuve De Riso avait suffisamment la pratique du monde. Elle lui avait dit que, comme il faut ou pas comme il faut, vieux ou jeune, riche ou pauvre, avec les hommes il valait mieux rester sur ses gardes. Ma mère était trop contente pour lui prêter attention.

En percevant le ton délibérément équivoque de la veuve De Riso, il me prit l'envie de rire mais je me contins. Je vis Caserta et Amalia qui, à partir de ses vieilles nippes à elle, projetaient ensemble, dans cette maison, soir après soir, de relancer en grand la lingerie intime des années cinquante. Je me représentai un Caserta persuasif, une Amalia suggestionnée, vieux et seuls, tous les deux sans une lire, dans cette cuisine sordide, à quelques mètres de l'oreille réceptive de la veuve tout aussi vieille, tout aussi seule. La scène me sembla plausible. Mais je dis :

« Peut-être n'était-ce pas un véritable troc. Peut-être son ami voulait-il lui rendre service et rien d'autre. Vous ne croyez pas ? »

La veuve mangea une autre cerise. Elle ne savait pas où mettre les noyaux : elle les crachait dans la paume de sa main et elle les y laissait.

« Possible, admit-elle, mais sans grande conviction. Lui était très comme il faut. Il venait presque tous les soirs et tantôt ils allaient dîner dehors, tantôt ils allaient au cinéma, tantôt se promener. Quand je les entendais sur le palier, il bavardait sans jamais s'interrompre et ta mère riait toujours.

— Il n'y a rien de mal à ça. C'est beau de rire. »

La vieille hésita en mastiquant des cerises.

« Ton père m'avait fait venir des soupçons, dit-elle.

— Mon père ? »

Mon père. Je repoussai l'impression qu'il était déjà là, dans la cuisine, qui sait depuis quand. La veuve De Riso m'expliqua qu'il était venu en cachette pour la prier de l'avertir si elle s'apercevait qu'Amalia faisait des choses inconsidérées. Ce n'était pas la première fois qu'il apparaissait à l'improviste avec des demandes de ce genre. Mais dans cette occasion-là il s'était montré particulièrement insistant.

Je me demandai quelle était, pour mon père, la différence entre ce qui est inconsidéré et ce qui ne l'est pas. La veuve De Riso sembla s'en rendre compte et elle tenta à sa façon de me l'expliquer. Être inconsidéré signifiait s'exposer aux risques de l'existence avec légèreté. Mon père se préoccupait pour sa femme, même s'ils étaient séparés depuis vingt-trois ans. Le pauvre homme continuait de l'aimer. Il avait été si gentil, si... Mme De Riso chercha avec soin le mot italien adapté. Elle dit : « désolé ».

Je le savais. Il avait cherché, comme d'habitude, à se montrer sous son meilleur jour avec la veuve. Il avait été affectueux, il s'était dit préoccupé. Mais en fait — pensai-je — il n'y avait entre eux aucune barrière urbaine qui pût l'empêcher d'entendre l'écho de l'éclat de rire d'Amalia. Mon père ne supportait pas qu'elle rît. Il trouvait à son rire une sonorité de circonstance, visiblement fausse. Chaque fois qu'il y avait un étranger à la maison (par exemple les types louches qui surgissaient à échéances fixes pour lui commander des gamins, des bohémiennes ou des Vésuves avec pin parasol), il lui rappelait : « Ne ris pas. » Ce rire lui semblait du sucre répandu exprès pour l'humilier. En réalité, Amalia cherchait seulement à donner voix aux femmes extérieurement heureuses qui étaient photographiées ou dessinées sur les affiches ou sur les revues des années quarante : large bouche peinte, dents toutes scintillantes, regard vif. C'est ainsi qu'elle s'imaginait être et elle s'était donné le rire approprié. Ça devait lui avoir été difficile de choisir le rire, les intonations, les gestes, que son mari pût tolérer. On ne savait jamais ce qui allait et ce qui n'allait pas. Quelqu'un qui passe dans la rue et qui vous regarde. Une phrase dite par plaisanterie. Une approbation spontanée. Voilà qu'on sonnait à la porte. Voilà : on lui remettait les roses. Voilà : elle ne les repoussait pas. Elle riait au contraire et elle choisissait un vase de verre bleu pâle, et elle les déployait largement dans le récipient rempli d'eau jusqu'au bord. A l'époque où, à échéances régulières, étaient arrivés ces dons mystérieux, ces hommages anonymes (mais nous savions tous qu'ils étaient de Caserta : Amalia le savait), elle avait été jeune et elle paraissait mener un jeu pour elle-même, sans malice. Elle gardait son accroche-cœur noir sur le front, battait des paupières, donnait des pourboires aux commis, autorisait que la marchandise restât un peu chez nous comme si cette permanence était licite. Puis mon père s'en apercevait et il détruisait chaque chose. Il cherchait à la détruire elle aussi mais il arrivait toujours à s'arrêter à un doigt du carnage. Quoi qu'il en soit le sang témoignait de l'intention. Tandis que Mme De Riso me parlait, je me racontais le sang. Dans le lavabo. Il coulait du nez d'Amalia en gouttes épaisses et d'abord il était rouge, puis il pâlissait au contact de l'eau du robinet. Elle en avait aussi le long du bras jusqu'au coude. Elle essayait de se tamponner d'une main mais il tombait aussi de la paume et il laissait des traînées rouges comme des coups de griffe. Ce n'était pas un sang innocent. A mon père, rien chez Amalia n'avait jamais paru innocent. Lui, si furieux, si rancunier et en même temps si désireux de plaire, si querelleur et si amoureux de lui-même, il ne savait pas accepter qu'elle entretînt avec le monde un rapport amical, et parfois joyeux. Il y reconnaissait aussitôt la trace de la trahison. Pas seulement de la trahison sexuelle : je ne croyais plus, désormais, qu'il craignît seulement d'être trahi par le sexe. J'avais acquis la conviction, au contraire, qu'il craignait surtout l'abandon, le passage dans le camp ennemi, l'acceptation des raisons, du lexique, du goût de gens comme Caserta : trafiquants déloyaux, dénués de règles, immondes séducteurs auxquels il lui fallait se plier par nécessité. Il cherchait alors à lui imposer un code de bonnes manières destiné à communiquer la distance sinon l'inimitié. Mais bien vite il explosait en insultes. Amalia, selon lui, avait des intonations de voix trop facilement enjôleuses ; le geste de la main trop mollement languide ; le regard vif jusqu'à la provocation. Surtout, elle réussissait à plaire sans l'effort et sans l'ambition de plaire. Cela se faisait, sans même qu'elle le voulût. Oh oui : pour le charme qui émanait d'elle, il la punissait en gifles et en coups de poing. Ses gestes, ses regards, il les interprétait comme des signaux de menées obscures, de rendez-vous secrets, d'accords esquissés dans le seul but de le mettre à l'écart. J'avais peine à le détacher de mes yeux, tellement souffrant, tellement violent. La force. Il me pétrifiait. L'image de mon père qui ravageait des roses en épamprant leurs pétales hurlait et hurlait depuis des dizaines d'années dans ma tête. Maintenant, il brûlait la robe neuve qu'elle n'avait pas renvoyée, qu'elle avait mise en secret. Je ne pouvais supporter l'odeur de l'étoffe brûlée. Même si j'avais ouvert grand la fenêtre.

« Il est revenu et il l'a battue ? » demandai-je.

La femme admit à contrecœur :

« Il est apparu ici un matin, tôt, pas plus tard que six heures, et il a menacé de la tuer. Il lui a dit des choses vraiment moches.

— Quand est-ce arrivé ?

— A la mi-mai : une semaine avant que ta mère ne parte.

— Et Amalia avait déjà reçu les robes et la lingerie neuve?

— Oui.

— Et elle était contente?

— Oui.

— Comment a-t-elle réagi?

— Comme elle réagissait toujours. Elle a oublié à peine il est parti. Je l'ai vu sortir : il était blanc comme un poisson dans la farine. Elle, au contraire, rien. Elle a dit : il est fait comme ça; même la vieillesse ne l'a pas changé. Mais moi j'ai compris que tout n'était pas clair. Jusqu'au moment où elle est partie, jusqu'au train, je lui ai répété : Amalia, fais attention. Rien. Elle semblait tranquille. Mais dans la rue elle avait du mal à garder une allure normale. Elle se forçait à ralentir. Dans le compartiment elle s'est mise à rire sans raison et elle a commencé à s'éventer avec un pan de sa jupe.

— Quoi d'étrange à cela? lui demandai-je.

— Ça ne se fait pas », répondit la veuve.

Je pris deux cerises aux queues réunies et je les suspendis à mon index tendu, en les faisant osciller à gauche et à droite. Probablement, dans le cours de son existence, Amalia avait renoncé à faire beaucoup de choses que, comme tout être humain, elle aurait pu légitimement et illégitimement faire. Mais peut-être avait-elle seulement feint de ne pas les avoir faites. Ou peut-être s'était-elle donné l'air de qui feint pour que mon père puisse penser à chaque instant à l'impossibilité de lui faire confiance et en souffrir. Peut-être avait-ce été sa façon de réagir. Mais elle n'avait pas considéré que nous aussi, ses filles, nous penserions pareillement, pour toujours : moi surtout. Je ne parvenais pas à me la réinventer ingénue. Pas même maintenant. Il se pouvait que Caserta, en recherchant sa compagnie, poursuivait seulement un fragment de sa jeunesse. Mais j'étais certaine qu'Amalia jouait encore pour elle-même à lui ouvrir la porte avec la malice d'une jeunette, en tirant son accroche-cœur sur le sourcil et en battant des paupières. Il se pouvait que, avec cette histoire d'homme d'affaires bourré d'idées, le vieux ait seulement voulu lui communiquer de manière détournée son fétichisme. Mais elle n'avait pas reculé. De ce troc, elle avait aussitôt ri en connaissance de cause et elle avait secondé leurs pulsions séniles à lui et à elle en m'utilisant, moi et mon anniversaire. Non, si. Je me rendis compte que j'étais en train d'exhumer une femme sans prudence et sans la vertu de la peur. J'en avais la mémoire. Même lorsque mon père élevait les poings et la frappait pour la modeler comme une pierre ou comme une bûche, elle ne dilatait pas les pupilles sous l'effet de la peur mais de la stupeur. Elle devait avoir écarquillé les yeux de la même façon quand Caserta lui avait proposé le troc. Avec une stupeur amusée. Je fus stupéfaite moi aussi, comme devant une mise en scène de la violence, un jeu à deux reposant sur des conventions : l'épouvantail qui n'épouvante pas, la victime qui n'est pas anéantie. Il me vint à l'esprit qu'Amalia, depuis son enfance, devait avoir pensé aux mains comme à des gants, formes de papier d'abord, et ensuite de peau. Elle en avait cousu et cousu. Ensuite elle en était venue à réduire des veuves de généraux, des femmes de dentistes, des sœurs de magistrats aux mesures du buste et des hanches. Ces mesures, prises en enlaçant discrètement, avec le mètre jaune de couturière, des corps féminins de tous les âges, devenaient des patrons de papier qui, appliqués sur l'étoffe avec des épingles, dessinaient sur le tissu des ombres de poitrines et de hanches. Alors elle coupait l'étoffe, attentive, tendue, en suivant le parcours imposé par les patrons. Tous les jours de sa vie, elle avait réduit la gêne des corps à du papier et des tissus, et peut-être s'en était-elle fait une habitude du sein de laquelle, tacitement, elle repensait la démesure selon la mesure. Je n'y avais jamais songé et maintenant que j'y pensais, je ne pouvais pas lui demander s'il en avait été vraiment ainsi. Tout s'était perdu. Mais devant la veuve De Riso qui mangeait des cerises, je voyais une sorte d'accomplissement ironique dans ce jeu final fait d'étoffes entre elle et Caserta, dans cette réduction de leur histoire souterraine à un échange conventionnel de vieux vêtements contre des vêtements neufs. Je changeai brusquement d'humeur. Je me sentis tout à coup contente de croire que sa légèreté avait été une légèreté profonde. D'une façon inespérée, avec surprise, cette femme me plut, qui, d'une certaine façon, s'était inventé jusqu'à la fin son histoire en jouant pour son compte avec des étoffes vides. Je m'imaginai qu'elle n'était pas morte insatisfaite et je soupirai d'une satisfaction inattendue. Je disposai sur une oreille les cerises avec lesquelles j'avais distraitement joué jusqu'à présent et je ris.

« Comment je suis ? » demandai-je à la vieille qui, pendant ce temps, avait entassé dans le creux de sa paume au moins dix noyaux.

Elle eut une grimace d'incertitude.

« Bien, dit-elle, peu convaincue par mon extravagance.

— Je le sais », affirmai-je au contraire avec complaisance. Et je choisis deux autres cerises aux queues réunies. Je m'apprêtai à les disposer sur mon autre oreille, puis je changeai d'idée et je les tendis vers la veuve De Riso.

« Non », et elle s'esquiva en se rejetant en arrière.

Je me levai, j'allai derrière son dos et, pendant qu'elle

secouait la tête en ricanant, toute congestionnée, je dégageai son oreille droite des cheveux gris et je posai les cerises sur le pavillon. Puis je reculai pour apprécier le spectacle.

« Très belle, m'exclamai-je.

— Mais non », murmura la veuve avec embarras.

Je choisis une autre paire de cerises et je retournai dans son dos pour lui orner l'autre oreille. Ensuite je l'embrassai en croisant les bras sur sa grosse poitrine et en serrant fort.

« Petite maman, lui dis-je, c'est toi qui as tout dit à mon père, n'est-ce pas ? »

Puis je l'embrassai sur son cou rugueux, qui se congestionnait rapidement. Elle s'agita entre mes bras, de gêne ou pour se libérer, je ne sais pas. Elle niait, elle disait qu'elle n'aurait jamais fait ça : comment cette idée m'était-elle venue ?

Elle l'avait fait au contraire — pensai-je : elle avait espionné pour l'entendre hurler, claquer des portes, casser des assiettes, et en jouir en tremblant dans la tanière de son appartement.

Le téléphone sonna. Je l'embrassai encore, avec force, sur sa tête grise, avant d'aller répondre : c'était déjà la troisième sonnerie.

« Allô », dis-je.

Silence.

« Allô », répétai-je avec calme tout en observant Mme De Riso qui me fixait, incertaine, et en même temps se soulevait avec peine de la chaise.

Je raccrochai.

« Restez encore un peu », l'invitai-je en revenant au « vous ». « Voulez-vous me donner les noyaux ? Mangez donc les autres cerises. Seulement une. Ou bien emportez-les donc. »

Mais je sentis que je n'arrivais pas à avoir un ton rassurant. La vieille femme était debout, désormais, et elle se dirigeait vers la porte, avec les cerises à califourchon sur les oreilles.

« Vous êtes en colère contre moi ? » lui demandai-je, conciliante.

Elle me regarda, stupéfaite. Elle devait avoir pensé soudain à quelque chose qui l'avait arrêtée à mi-chemin.

« Cette robe, me dit-elle, perplexe, comment se fait-il que tu l'aies ? Tu ne devrais pas. Elle était dans la valise avec les autres affaires. Et on n'a jamais trouvé la valise. Où l'as-tu prise ? Qui te l'a donnée ? »

A mesure qu'elle parlait, je me rendis compte que ses pupilles passaient rapidement de la stupeur à la peur. Je n'en fus pas contente, je n'avais pas l'intention de l'épouvanter, je n'aimais pas faire peur. Je repassai la robe avec la paume de mes mains comme pour l'allonger et j'éprouvai de la gêne à me sentir emmaillotée dans cette robe courte, collante, trop élégante, ne convenant pas à mon âge.

« C'est seulement de l'étoffe sans mémoire », murmurai-je. Je voulais dire que cela ne pouvait faire de mal ni à moi ni à elle. Mais la veuve De Riso siffla :

« C'est de sales affaires. »

Elle ouvrit la porte et la referma à la hâte derrière elle. A ce moment le téléphone se remit à sonner.

XX

Je laissai l'appareil triller deux ou trois fois. Puis je soulevai le récepteur : des bourdonnements, des voix lointaines, des bruits indéchiffrables. Je répétai « allô » sans espoir, juste pour faire sentir à Caserta que j'étais là, que je n'avais pas peur. Enfin, je raccrochai. Je m'assis à la table de la cuisine, j'enlevai les cerises de mon oreille et je les mangeai. Désormais, je savais que tous les coups de fil qui suivraient auraient une pure fonction de rappel, comme ces sifflements que les hommes avaient autrefois l'habitude de faire entendre pour annoncer de la rue qu'ils étaient sur le chemin du retour et que les femmes pouvaient jeter les pâtes dans l'eau bouillante.

Je contrôlai ma montre. Il était dix heures et demie. Pour éviter que Caserta ne me contraignît de nouveau à écouter son silence, je soulevai le récepteur et je composai le numéro de l'oncle Filippo. Je le fis en m'attendant à entendre la tonalité longue de la ligne quand elle n'est pas occupée. Au contraire Filippo me répondit, mais sans passion, presque lassé que ce soit moi. Il dit qu'il venait à peine de rentrer, qu'il était fatigué et enrhumé, qu'il voulait se mettre au lit. Il toussa d'une manière forcée. Il mentionna Caserta sur ma demande seulement, agacé. Il dit qu'ils avaient longuement discuté, mais sans se disputer. Brusquement ils s'étaient rendu compte qu'il n'y avait plus de raison. Amalia était morte, la vie était passée.

Il se tut un instant pour me laisser parler. Il s'attendait à une réaction de ma part. Il n'en eut pas. Alors il se remit à grommeler sur la vieillesse, sur la solitude. Il me dit que Caserta avait été chassé de chez lui par son fils et laissé à lui-même, comme ça, sans toit, pire qu'un chien. Le garçon lui avait d'abord volé tout l'argent qu'il avait de côté et ensuite il l'avait flanqué à la porte. La seule chance qu'il avait eue, ç'avait été la gentillesse d'Amalia. Caserta lui avait confié qu'après tant d'années ils s'étaient revus : elle l'avait aidé, ils s'étaient tenu un peu compagnie, mais de manière discrète, avec une courtoisie réciproque. Maintenant il vivait comme un vagabond, un peu ici un peu là. C'étaient des choses que même quelqu'un comme lui ne méritait pas.

« Un brave homme », commentai-je.

Filippo se fit encore plus froid.

« Il y a un temps où il faut se mettre en paix avec son prochain.

— Et la fille du funiculaire ? » demandai-je.

Mon oncle fut embarrassé.

« Parfois ça arrive », dit-il. Je ne le savais pas encore mais à moi aussi l'expérience m'apprendrait que la vieillesse est une bête hideuse et féroce. Puis il ajouta : « Il y a des cochonneries pires que ça. » Enfin il reprit avec un ressentiment qu'il ne contenait plus : « Entre lui et Amalia, il n'y a jamais rien eu.

— C'est peut-être vrai », admis-je.

Il éleva la voix :

« Pourquoi nous as-tu raconté ces choses, à l'époque ? »

Je répliquai :

« Et vous pourquoi m'avez-vous cru ?
— Tu avais cinq ans.
— Justement. »
Mon oncle renifla. Il murmura :
« Va-t'en. Laisse-le tomber.
— Soigne-toi », lui conseillai-je, et je raccrochai.

Je regardai fixement le téléphone pendant quelques secondes. Je savais qu'il allait sonner : quelque part Caserta était dans l'attente que la ligne se libère. La première sonnerie ne tarda pas à se faire entendre. Je me décidai et je sortis en hâte, sans fermer la porte de la maison à clef.

Il n'y avait plus de nuages, il n'y avait plus de vent. Une lumière blanchâtre enlevait de l'épaisseur à l'Archiconfrérie de Santa Maria delle Grazie, minuscule au milieu des façades nettes des immeubles banals, surchargés d'inscriptions publicitaires. Je me dirigeai vers les taxis, puis je changeai d'idée et j'entrai dans l'édifice jaunâtre du métro. La foule frémit autour de moi comme si elle était faite de ces papiers découpés exprès pour amuser les enfants. Les obscénités en dialecte — les seules obscénités capables de faire coïncider dans ma tête son et sens de manière à matérialiser dans son réalisme agressif, jouisseur et visqueux un sexe harcelant : hors de ce dialecte toute autre formule me semblait insignifiante, souvent joyeuse, prononçable sans répulsion — adoucirent leurs sonorités de façon inattendue, pour se changer en une espèce de frémissement extrastrong contre le rouleau d'une vieille machine à écrire. Tandis que je m'enfonçais dans le souterrain de la piazza Cavour parcouru par un vent chaud qui faisait onduler les parois métalliques et mêlait le rouge et le bleu de l'escalier roulant, je m'imaginai que j'étais une figure des cartes à jouer napolitaines : le huit d'épée, la femme tranquille et armée qui avance à pied, prête à entrer en jeu durant une partie de briscola. Je serrai les lèvres entre les dents à m'en faire mal.

Tout au long du parcours je regardai sans arrêt derrière moi. Je ne réussis pas à voir Caserta. Pour mieux contrôler les zones à moitié vides du quai entre les deux trous noirs du tunnel, je me mêlai au groupe le plus serré des passagers en attente. Le train arriva bondé mais se vida peu à peu, dans la pénombre au néon de la station piazza Garibaldi. Je descendis au terminus et, après quelques marches, je me trouvai sur le côté de la vieille Manufacture de tabacs, en bordure du quartier où j'avais grandi.

L'air paysan qui avait été le sien, avec ces immeubles blanchâtres à quatre étages construits au milieu de la campagne poussiéreuse, s'était au fil des ans changé en celui d'une banlieue ictérique écrasée de gratte-ciel, étranglée par le trafic et par les serpents des trains qui longeaient les maisons en ralentissant. Je tournai tout de suite à gauche, vers un passage surélevé à trois tunnels, dont celui du milieu était bloqué par les travaux de restructuration. Je me rappelais un unique et interminable passage, désert et continuellement secoué par le tremblement de terre des trains au triage qui me passaient sur la tête. Mais je ne fis pas plus de cent pas dans une pénombre empestant l'urine, lentement, coincée entre un mur qui dégorgeait de larges baves d'humidité et un rail de sécurité poussiéreux qui me protégeait de la course serrée des automobiles.

Le passage supérieur était resté là depuis l'époque où Amalia avait seize ans. Il lui fallait parcourir ces tunnels frais et ombreux, quand elle allait livrer les gants. Je m'étais toujours imaginé qu'elle les portait dans la zone que je laissais derrière mon dos, dans une vieille usine à la toiture de tuiles qui, pour l'heure, arborait l'enseigne de Peugeot. Mais certainement il n'en était pas ainsi. Du reste qu'est-ce qui était ainsi ? Il n'existait plus de geste, plus de pas qui, resté parmi les pierres et l'ombre, les mêmes qu'alors, aurait pu me venir en aide. Sous le passage, Amalia avait été suivie par des désœuvrés, des marchands ambulants, des cheminots, des maçons qui mordaient des miches de pain fourrées de brocolis et de saucisses ou buvaient du vin au goulot des fiasques. Elle racontait, quand ça lui allait de raconter, qu'ils la serraient de près, côte à côte, souvent lui respirant dans l'oreille. Ils cherchaient à lui effleurer les cheveux, une épaule, un bras. Il y en avait qui tentaient de lui prendre une main en lui disant des obscénités en dialecte. Elle gardait les yeux baissés et pressait le pas. Quelquefois elle éclatait de rire sans pouvoir se retenir. Après, elle se mettait à courir plus vite que son poursuivant. Comme elle courait : on aurait dit qu'elle jouait. Elle me courait dans la tête. Possible que je sois en train de passer par là en la portant dans mon corps vieilli et peu convenablement vêtu ? Possible que son corps de seize ans, vêtu d'une robe à fleurs faite à la maison, soit en train de passer dans la pénombre en se servant du mien, attentif à éviter agilement les flaques, en courant vers l'arc de lumière jaune qui contenait l'anachronisme d'une pompe à essence Mobil ?

Peut-être, au bout du compte, de ces deux jours sans trêve importait seule la transplantation du récit d'une tête à l'autre, comme un organe sain que ma mère m'aurait cédé par affection. Mon père aussi l'avait traquée sur ce bout de rue, âgé d'à peine plus de vingt ans. Amalia racontait que, à le sentir sur ses talons, elle avait pris peur. Il n'était pas comme les autres, qui lui parlaient d'elle en cherchant à la flatter. Lui, il lui parla de lui : il se vanta des choses extraordinaires dont il était capable. Il lui dit qu'il voulait faire un portrait d'elle, peut-être pour lui prouver combien elle était belle et combien il était doué. Il mentionna les couleurs qu'il voyait sur elle. Tant de paroles en allées Dieu sait où. Ma mère, qui ne regardait jamais en face aucun de ceux qui la harcelaient et qui, pendant qu'ils lui parlaient, avait peine à ne pas rire, nous disait qu'elle l'avait regardé de côté une fois seulement et qu'elle avait tout de suite compris. Nous, ses filles, nous ne comprenions pas. Nous ne comprenions pas pourquoi il lui avait plu. Notre père ne nous apparaissait vraiment pas exceptionnel, décrépit comme il était, grossi, chauve, mal lavé, son pantalon tombant barbouillé de couleur, toujours plein de hargne pour les misères de chaque jour, pour l'argent que lui gagnait et qu'Amalia — il nous le criait — jetait par les fenêtres. Pourtant, c'est justement à cet homme sans métier que notre mère avait dit de venir chez elle, s'il voulait lui parler : elle ne faisait pas l'amour en cachette ; elle ne l'avait jamais fait avec personne. Et tandis qu'elle prononçait « faire l'amour », je l'écoutais la bouche ouverte, tant me plaisait l'histoire de ce moment, sans suite, arrêtée à ce point avant qu'elle ne continuât en se gâtant. J'en conservais des sons et des images. Peut-être me trouvais-je maintenant sous ce passage afin que sons et images se figent de nouveau entre les pierres et l'ombre, et que de nouveau ma mère, avant qu'elle ne devînt ma mère, soit poursuivie par l'homme avec qui elle ferait l'amour, qui la couvrirait de son nom, qui l'effacerait de son alphabet.

Je pressai le pas, après m'être encore une fois assurée que Caserta ne me suivait pas. Le quartier, malgré la disparition d'une série de détails (sur l'étang vert pourri près duquel j'allais jouer avait surgi un bâtiment de huit étages), me sembla encore reconnaissable. Les enfants glapissaient à travers les rues défoncées comme autrefois à tous les débuts d'été. C'étaient les mêmes cris en dialecte dans les maisons aux fenêtres grandes ouvertes. La disposition des édifices respectait la même géométrie sans imagination. Quelques pauvres entreprises de commerce datant de décennies en arrière avaient même résisté au temps, par exemple la boutique enfoncée dans la terre où j'étais allée acheter du savon et de la lessive pour ma mère ouvrait encore sa petite porte dans le même bâtiment écaillé d'il y avait tant d'années. Maintenant elle présentait sur le seuil toutes sortes de balais, des récipients de plastique et des barils de détersifs. Je m'avançai, un seul instant, croyant retrouver dans ce lieu la vaste caverne de ma mémoire. Mais celle-ci se referma sur moi comme un parapluie cassé.

L'immeuble où habitait mon père se situait à quelques mètres de distance. J'étais née dans cette maison. Je franchis le portail, je fis avec assurance le tour des constructions basses et pauvres. J'entrai par une porte cochère poussiéreuse, disjoints les carreaux du porche, pas d'ascenseur, ébréché et jauni, le marbre des escaliers. L'appartement était au deuxième étage et cela faisait au moins dix ans que je n'y entrais pas. Tout en montant, je cherchai à m'en redessiner le plan afin que le heurt avec cet espace ne me troublât pas trop. Le logement avait deux pièces et une cuisine. La porte ouvrait sur un couloir sans fenêtre. Au fond, à gauche, il y avait la salle à manger, irrégulière, avec un argentier pour une argenterie jamais possédée, une table utilisée pour quelques repas de fête et un grand lit où nous dormions, mes sœurs et moi, après les disputes du soir pour établir qui de nous trois devait se sacrifier et s'installer au milieu. A côté de cette pièce s'ouvraient les chiottes, en longueur, avec une petite fenêtre étroite, munis de la seule cuvette et d'un bidet mobile en métal émaillé. Ensuite, venait la cuisine : l'évier où le matin nous nous lavions à tour de rôle, une cheminée en faïence blanche rapidement tombée en désuétude, un chaudron de cuivre rempli de casseroles qu'Amalia astiquait avec soin. Enfin, il y avait la chambre à coucher de mes parents et, à côté, un débarras sans lumière, étouffant, bourré d'objets inutiles.

Dans la chambre de mon père et de ma mère, il était interdit d'entrer : l'espace était réduit à l'extrême. En face du grand lit se trouvait une armoire avec une porte centrale à glace. Contre le mur de droite il y avait un meuble de toilette au miroir rectangulaire. De l'autre côté, entre le bord du lit et la fenêtre, mon père avait installé le chevalet, un objet massif, haut, à pieds épais, rongé par les vers, d'où pendaient d'horribles chiffons pour essuyer les pinceaux. A quelques centimètres du montant du lit, il y avait une caisse où avaient été jetés pêle-mêle les tubes de couleurs : celui du blanc était le plus grand et le mieux identifiable, même quand il avait été pressé et roulé jusqu'à son col fileté; mais beaucoup d'autres tubes étaient remarquables, tantôt pour leur nom de princes de fable, comme le bleu de Prusse, tantôt pour leur aura d'incendie dévastateur, comme la terre de Sienne brûlée. Le couvercle de la caisse était une feuille de contre-plaqué, mobile, sur lequel il y avait une carafe avec les pinceaux, une autre avec l'essence de térébenthine et un golfe de couleurs que les pinceaux mélangeaient en une mer multicolore. Les carreaux octogonaux du pavement, dans cet espace-là, avaient disparu sous une croûte grise déposée au cours des années par l'égouttement des pinceaux. Autour se trouvaient des rouleaux de toiles préparées d'avance, fournies à mon père par ses employeurs ; les mêmes qui, ensuite, après lui avoir versé quelques misérables lires, s'occupaient de distribuer le produit fini aux revendeurs ambulants, ceux qui proposaient la marchandise sur les trottoirs de la ville, dans les marchés de quartier, dans les foires des bourgs. La maison était saturée de l'odeur des couleurs à l'huile et de la térébenthine mais aucun d'entre nous n'était plus en mesure de s'en apercevoir. Amalia avait dormi avec mon père pendant près de deux décennies sans jamais se plaindre.

Elle se plaignit en revanche quand il cessa de faire des portraits de femmes pour les marins américains ou des vues du golfe et qu'il commença de travailler à sa bohémienne à moitié nue qui dansait. De cette période je conservais un souvenir confus, venant davantage des récits d'Amalia que d'expériences directes : je n'avais pas plus de quatre ans. Les murs de la chambre se couvrirent d'une foule de femmes exotiques aux couleurs vives, espacées par des ébauches de nus croqués à la sanguine. Souvent les poses de la bohémienne étaient maladroitement recopiées de certaines photos de femmes que mon père cachait dans une boîte à l'intérieur de l'armoire et que j'allais lorgner en catimini. D'autres fois des esquisses à l'huile prenaient les formes des nus à la sanguine.

Je ne doutais pas que les esquisses au pastel reproduisaient le corps de ma mère. Je m'imaginais que le soir, quand ils fermaient la porte de leur chambre à coucher, Amalia enlevait ses vêtements, adoptait les poses des femmes qui se tenaient nues sur les photographies de l'armoire et qu'elle disait : « Dessine. » Lui prenait un rouleau de papier jaunâtre, il en détachait une partie et il dessinait. Ce qu'il réussissait le mieux, c'étaient les cheveux. Il laissait ces femmes sans visage mais sur l'ovale vide de la face il esquissait d'une main sûre une construction majestueuse, indubitablement identique à la belle coiffure qu'Amalia savait réaliser avec ses longs cheveux. Je m'agitais dans le lit sans trouver le sommeil.

Quand notre père porta à terme sa bohémienne, j'en fus convaincue et Amalia aussi : la bohémienne, c'était elle, moins belle, disproportionnée, barbouillée de couleurs; mais c'était bien elle. Caserta la vit et dit que ça n'allait pas, que ça ne se vendrait pas. Il paraissait contrarié. Amalia intervint, dit qu'elle était d'accord. Il s'ensuivit une discussion. Caserta et elle se coalisèrent contre mon père. J'entendais leurs voix qui se propageaient dans ces escaliers. Quand Caserta s'en alla, mon père, sans crier gare, frappa par deux fois Amalia au visage, de sa main droite, d'abord avec la paume et puis avec le dos de la main. Ce geste, je me le rappelais nettement, et ce mouvement de vague qui va, qui vient : je le lui voyais faire pour la première fois. Elle s'enfuit au fond du couloir, dans le débarras, et elle chercha à s'enfermer à l'intérieur. Elle en fut extraite à coups de pied. L'un l'atteignit aux côtes et l'envoya contre l'armoire de la chambre à coucher. Amalia se releva et arracha tous les dessins des murs. Elle fut rejointe, saisie par les cheveux et sa tête cognée contre la glace de l'armoire, qui se brisa.

La bohémienne plut beaucoup, surtout dans les foires de la province. Quarante ans étaient passés et mon père continuait à la faire. Avec le temps, il était devenu très rapide. Il assujettissait la toile blanche au chevalet et il esquissait les contours d'une main experte. Puis le corps devenait de bronze avec des brasillements roussâtres. Le ventre s'arrondissait, les seins se gonflaient, les mamelons se dressaient. En même temps surgissaient des yeux brillants, des lèvres rouges, et, en abondance, des cheveux corvins coiffés selon ce goût d'Amalia qui, au fil du temps, était passé de mode mais était resté suggestif. En quelques heures, la toile était achevée. Il détachait les punaises qui la maintenaient, la fixait à un mur pour la faire sécher et il en installait une nouvelle sur le chevalet, blanche. Et il recommençait.

Durant mon adolescence, je voyais ces figures de femmes sortir de chez moi entre les mains d'étrangers qui souvent ne se privaient pas de pesants commentaires en dialecte. Je ne comprenais pas et peut-être n'y avait-il rien à comprendre. Comment se pouvait-il que mon père remît en des formes audacieuses et séduisantes, à des hommes vulgaires, ce corps qu'à l'occasion il défendait avec une rage assassine ? Comment donc lui imposait-il des poses triviales alors que pour un sourire ou pour un regard trop modeste il était prêt à sévir bestialement, sans pitié ? Pourquoi l'abandonnait-il dans les rues et dans des maisons étrangères par dizaines et centaines d'exemplaires, alors qu'il était si jaloux de l'original ? Je regardais Amalia penchée sur sa machine à coudre jusque tard dans la nuit. Je croyais que, tandis qu'elle travaillait ainsi, muette et à bout de souffle, elle se posait elle aussi ces questions.

XXI

La porte de l'appartement était entrouverte. Je me sentis hésitante et c'est pourquoi j'entrai avec une détermination telle que le battant alla heurter le mur avec fracas. Il n'y eut pas de réaction. Je fus seulement saisie par une forte odeur de peinture et de cigarette. Je pénétrai dans la chambre à coucher avec la sensation que le reste de l'appartement avait été détruit par les années. Pourtant, j'étais certaine que tout dans cette chambre était resté tel quel : le grand lit, l'armoire, le meuble de toilette au miroir rectangulaire, le chevalet près de la fenêtre, les toiles roulées dans chaque coin, les tempêtes, les bohémiennes et les idylles champêtres. Mon père était de dos, gros et voûté, en maillot de corps. Le crâne pointu était chauve, parsemé de taches sombres. La nuque était couverte d'une tignasse blanche.

Je me déplaçai un peu sur la droite pour voir dans la juste lumière la toile à laquelle il travaillait. Il peignait la bouche ouverte, ses lunettes de presbyte sur la pointe du nez. Dans sa main droite il avait son pinceau qui, après un léger picotage parmi les couleurs, se déplaçait avec sûreté sur la toile ; entre l'index et le médius de la main gauche il tenait une cigarette allumée, déjà à moitié réduite en cendres prêtes à tomber sur le carrelage. Quelques coups de pinceau, et il se reculait, restait immobile pendant de longues secondes; puis il émettait une sorte de « ah », un léger tressaillement sonore, et il se remettait à mélanger des couleurs en aspirant la fumée de sa cigarette. Le tableau n'en était pas à un point satisfaisant : le golfe languissait dans une tache bleu pâle; plus travaillé était le Vésuve sous un ciel rougefeu.

« La mer ne peut pas être bleu pâle si le ciel est rougefeu », dis-je.

Mon père se retourna et me regarda par-dessus ses lunettes.

« Qui es-tu? » demanda-t-il en dialecte, hostile dans l'expression et le ton. Il avait de grandes poches livides sous les yeux. Mon souvenir le plus récent de lui eut du mal à coller à ce visage jaunâtre, noyé d'humeurs non dissipées.

« Delia », dis-je.

Il posa le pinceau dans une des carafes. Il se leva de la chaise avec une longue plainte gutturale et il se tourna vers moi, les jambes écartées, le buste courbé, essuyant ses mains salies de peinture sur son pantalon tombant. Il me regarda avec une perplexité croissante. Puis il dit, sincèrement étonné :

« Tu es devenue vieille. »

Je m'aperçus qu'il ne savait pas s'il devait me prendre dans ses bras, m'embrasser, m'inviter à m'asseoir, ou se mettre à hurler et me chasser de la maison. Il était surpris mais pas en bien : il me sentait comme une présence déplacée, peut-être n'était-il pas même certain que j'étais sa fille aînée. Les rares fois où nous nous étions vus, après la séparation d'avec Amalia, nous nous étions disputés. Dans sa tête, sa vraie fille devait s'être pris les pattes dans une adolescence pétrifiée, muette et accommodante.

« Je m'en vais tout de suite, le rassurai-je. Je suis seulement passée pour avoir des nouvelles de ma mère.

— Elle est morte, dit-il. J'étais en train de penser qu'elle est morte avant moi.

— Elle s'est tuée », prononçai-je avec clarté, mais sans emphase.

Mon père fit une grimace et je m'aperçus qu'il lui manquait les incisives supérieures. Celles du bas étaient devenues longues et jaunes.

« Elle était allée nager à Spaccavento, bougonna-t-il, de nuit, comme une fillette.

— Pourquoi n'es-tu pas venu à l'enterrement ?

— Quand on est mort, on est mort.

— Tu devais venir.

— Toi, tu viendras au mien ? »

J'y réfléchis un instant et je lui répondis :

« Non. »

Les grandes poches sous ses yeux violacèrent.

« Tu n'y viendras pas parce que je mourrai après toi », grommela-t-il. Puis, sans que je puisse le prévoir, il me frappa d'un coup de poing.

Je reçus le coup contre l'épaule droite et j'eus de la peine à maîtriser la partie de moi-même que ce geste avait anéantie. Par contre, la douleur physique me sembla peu de chose.

« Tu es une putain comme ta mère », dit-il, haletant, et en même temps il se retint à la chaise pour ne pas tomber. « Vous m'avez laissé ici comme un animal. »

Je cherchai ma voix dans ma gorge et seulement quand je fus certaine de l'avoir, je lui demandai :

« Pourquoi es-tu allé chez elle ? Tu l'as tourmentée jusqu'à la fin. »

Il tenta de nouveau de me frapper mais cette fois j'étais préparée : il me manqua et devint plus furieux.

« Qu'est-ce qu'elle pensait de moi ? se mit-il à crier. Je ne savais jamais ce qu'elle pensait. C'était une menteuse. Vous étiez toutes des menteuses.

— Pourquoi es-tu allé chez elle ? » répétai-je avec calme.

Il dit :

« Pour la tuer. Parce qu'elle pensait jouir de sa vieillesse en me laissant pourrir dans cette pièce. Regarde ce que j'ai là-dessous. Regarde. »

Il leva le bras droit et me montra son aisselle. Il avait des pustules violacées entre ses poils bouclés de sueur.

« Tu ne mourras pas de ça », dis-je.

Il baissa le bras, épuisé par la tension nerveuse. Il chercha à redresser le torse mais son épine dorsale ne consentit à remonter que de quelques centimètres. Il resta les jambes écartées, avec une main accrochée à la chaise, un sifflement catarrheux qui lui sortait de la poitrine. Peut-être pensait-il lui aussi qu'en ce moment il n'était plus resté au monde que ce pavement, que la chaise à laquelle il se soutenait.

« Je les ai suivis pendant une semaine, murmura-t-il. Il venait tous les soirs à six heures, bien habillé, veston et cravate : on aurait dit une gravure de mode. Une demi-heure après ils sortaient. Sur elle, elle avait toujours ses quatre malheureuses frusques habituelles mais elle se les arrangeait de manière à paraître jeune. Ta mère était une menteuse, dépourvue de sensibilité. Elle marchait à côté de lui et ils parlaient. Puis ils disparaissaient dans un restaurant ou dans un cinéma. Ils en sortaient bras dessus bras dessous et elle faisait les simagrées qui lui venaient à peine il y avait un homme : la voix comme ça, la main comme ça, les hanches comme ça. »

Tout en parlant, il agitait une main molle à la hauteur de la poitrine, il secouait la tête et battait des paupières, avançait les lèvres, remuait les hanches avec mépris. Il changeait de stratégie. Avant, il voulait me faire peur; maintenant il voulait me divertir en ridiculisant Amalia. Mais d'elle, il n'avait rien, d'aucune des Amalias que nous nous étions inventées, pas même des pires. Et il n'avait rien d'amusant. C'était seulement un homme vieux, que l'insatisfaction et la férocité avaient privé de toute humanité. Peut-être attendait-il un peu de complicité, le signe d'un sourire. Je m'y refusai. Au contraire, je concentrai toute mon énergie à réprimer mon dégoût. Il s'en aperçut et en fut embarrassé. Il se trouvait contre la toile à laquelle il travaillait et je me rendis compte brusquement qu'il cherchait à peindre, avec ce ciel rougefeu, une éruption.

« Comme d'habitude, tu l'as humiliée », lui dis-je.

Mon père secoua la tête d'un air confus et se rassit en poussant un long gémissement.

« Je suis allé lui dire que je ne voulais plus vivre seul », marmonna-t-il, et il fixa avec dépit le lit qu'il avait près de lui.

« Tu voulais qu'elle revienne vivre avec toi ? »

Il ne répondit pas. De la fenêtre parvenait une lumière orange qui tapait contre la vitre, finissait dans la glace de l'armoire et se répandait à travers la pièce dont elle rendait clairs le désordre et la désolation.

« J'ai beaucoup d'argent à gauche, dit-il. Je le lui ai dit : j'ai beaucoup d'argent. »

Il ajouta d'autres choses que je n'entendis pas. Tandis qu'il parlait, je vis de côté, sous la fenêtre, le panneau que j'avais admiré, fillette, dans la vitrine des sœurs Vossi. Les deux femmes hurlantes aux profils qui se confondaient presque — balancier élancé dans un mouvement mutilé de mains, de pieds, d'une partie de la tête, comme si le panneau n'avait pas réussi à les contenir ou avait été obtusément scié — avaient abouti là, dans cette pièce, au milieu des tempêtes, des bohémiennes et des pastourelles. Je poussai un long soupir d'épuisement.

« C'est Caserta qui te l'a donné », dis-je en indiquant la peinture. Et je me rendis compte que je m'étais trompée : ce n'était pas la veuve De Riso qui lui avait parlé de Caserta et d'Amalia. C'était Caserta en personne. Il était venu ici, il lui avait fait ce cadeau auquel il tenait depuis des dizaines d'années, il lui avait parlé de lui-même, il lui avait dit que la vieillesse était moche, que son fils l'avait jeté sur le pavé, qu'entre lui et Amalia il y avait toujours eu une amitié dévouée et respectueuse. Et lui l'avait cru. Et peut-être il lui avait raconté ses histoires à lui. Et certainement ils s'étaient découverts désespérés et solidaires dans la misère. Je me sentis une chose, mystérieusement en équilibre au centre de la pièce.

Mon père s'agita sur sa chaise.

« Amalia a été une menteuse, explosa-t-il, elle ne m'a jamais dit que tu n'avais ni rien vu ni rien entendu.

— Tu mourais de l'envie d'assommer à mort Caserta. Tu voulais te débarrasser de lui en te figurant qu'avec les bohémiennes tu ferais enfin de l'argent. Tu soupçonnais qu'il plaisait à Amalia. Quand je suis venue te dire que je les avais vus ensemble dans le sous-sol de la pâtisserie, tu t'étais déjà imaginé plus de choses que je n'en ai dites. Ce que j'ai dit t'a seulement servi à te justifier. »

Il me fixa avec étonnement.

« Tu t'en souviens ? Je ne me souviens plus de rien.

— Je me souviens de tout ou presque. Il me manque seulement les mots d'alors. Mais j'en conserve l'horreur et je la ressens chaque fois que quelqu'un dans cette ville ouvre la bouche.

— Je croyais que tu ne te souvenais pas, marmonna-t-il.

— Je me souvenais mais je ne réussissais pas à me le raconter.

— Tu étais petite. Comment pouvais-je imaginer...

— Tu pouvais imaginer. Tu as toujours su imaginer quand il s'agissait de lui faire mal. Tu es allé chez Amalia pour la voir souffrir. Tu lui as dit que Caserta était venu exprès chez toi pour te parler de lui et d'elle. Tu lui as dit qu'il avait rapporté des choses sur moi, comment j'avais menti, il y a quarante ans. Tu as rejeté toute la faute sur elle. Et tu l'as accusée de m'avoir rendue malade et menteuse. »

Mon père tenta à nouveau de se soulever de sa chaise.

« Tu étais déjà une saleté dans ton enfance, cria-t-il. C'est toi qui as poussé ta mère à me quitter. Vous m'avez utilisé et puis vous m'avez balancé.

— Tu as ruiné son existence, répliquai-je. Tu ne l'as jamais aidée à être heureuse.

— Heureuse ? Moi non plus je n'ai jamais été heureux.

— Je sais.

— Caserta lui paraissait meilleur que moi. Tu te rappelles les cadeaux qui lui arrivaient ? Elle le savait bien, que Caserta les lui envoyait par calcul, pour se venger : aujourd'hui des fruits ; demain un livre ; ensuite une robe ; et puis des fleurs. Elle le savait que lui le faisait pour que je la soupçonne et que je l'assomme. Il aurait suffi qu'elle refuse ces cadeaux. Mais non. Elle prenait les fleurs et elle les mettait dans un vase. Elle lisait le livre sans même se cacher. Elle mettait la robe et sortait. Puis elle se laissait battre jusqu'au sang. Je ne pouvais pas avoir confiance. Je ne comprenais pas ce qu'elle avait derrière la tête. Je ne comprenais pas ce qu'elle pensait. »

Je murmurai, en désignant le panneau derrière lui :

« Même toi, tu ne sais pas résister aux cadeaux de Caserta. »

Il se retourna pour regarder la peinture, mal à l'aise.

« C'est moi qui l'ai faite, dit-il. Ce n'est pas un cadeau. Elle est de moi.

— Tu n'en aurais jamais été capable, murmurai-je.

— C'est moi qui l'ai faite, dans ma jeunesse », insista-t-il et j'eus l'impression qu'il me suppliait de le croire. « Je l'ai vendue aux sœurs Vossi en 1948. »

Je m'assis sur le lit sans qu'il me le demandât, à côté de sa chaise. Je lui dis avec douceur :

« Je m'en vais. »

Il sursauta.

« Attends.

— Non, dis-je.

— Je ne t'ennuierai pas. Nous pouvons vivre bien ensemble. Qu'est-ce que tu fais comme travail ?

— Des bandes dessinées.

— Ça rapporte ?

— Je ne suis pas très exigeante.

— J'ai de l'argent à gauche, répéta-t-il.

— Je suis habituée à vivre avec pas grand-chose », dis-je. Et je pensai à le chasser de l'aire enfantine de ma mémoire en l'embrassant ici, maintenant, pour le rendre humain, comme il l'était peut-être en réalité, malgré tout. Je n'eus pas le temps. Il me frappa de nouveau, à la poitrine. Je fis comme si je n'avais pas éprouvé de douleur. Je le repoussai, je me levai et je sortis sans même lancer un regard de l'autre côté du couloir.

« Tu es vieille toi aussi, hurla-t-il derrière moi. Enlève cette robe. Tu es dégueulasse. »

Tout en allant vers la porte, je me sentis en précaire

équilibre sur un éclat de carrelage de la maison d'il y avait quarante ans : elle parvenait encore à soutenir mon père, son chevalet, la chambre à coucher, mais je craignais que mon poids ne la fît s'effondrer. Je sortis en hâte sur le palier et je tirai la porte avec précaution. Une fois à l'extérieur, j'observai ma robe. Je découvris seulement alors, avec dégoût, qu'au niveau du pubis j'avais une large tache au bord blanchâtre. L'étoffe à cet endroit était plus sombre et, au toucher, semblait amidonnée.

XXII

Je traversai la rue. Passé le coin, je reconnus aisément le magasin « Produits coloniaux » qui avait appartenu au père de Caserta. Il était fermé par deux planches de bois entrecroisées sur un rideau de fer roulé à un angle comme le coin de la page d'un livre. En haut il y avait une enseigne barbouillée de boue sur laquelle on lisait avec peine : salle de jeux. Du triangle noir, ouvert dans le rideau disloqué, sortit un chat aux yeux jaunes avec la queue d'un rat qui lui frétillait entre les babines : il me regarda, aux aguets, et puis il s'éloigna en s'aplatissant précautionneusement entre les planches et le rideau de fer.

J'avançai le long du mur du bâtiment. Je trouvai les conduites d'aération des caves de l'immeuble. Elles étaient exactement comme je me les rappelais : des ouvertures rectangulaires à un demi-mètre du pavé, striées par neuf barreaux et recouvertes d'un treillis serré. Il s'en dégageait un souffle frais et une odeur d'humidité et de poussière. Je regardai à l'intérieur en me protégeant les yeux et en essayant de m'habituer à l'obscurité. Je ne vis rien.

Je retournai alors à l'entrée du magasin, et j'observai la rue. Il y avait un bruit confus de voix enfantines sans inquiétude dans une rue dont la désolation au crépuscule n'avait rien de rassurant. L'air chaud était imprégné d'une forte odeur de gaz, en provenance des raffineries. L'eau des flaques était couronnée de nuées d'insectes. Sur le trottoir, en face, des enfants entre quatre et cinq ans faisaient la course sur des tricycles de plastique. Un homme d'à peu près cinquante ans avait l'air de les surveiller mollement, le pantalon serré au ventre sous un maillot de corps jaunâtre très gonflé. Il avait des bras épais, le torse long et poilu, des jambes courtes. Il était appuyé au mur, à côté d'une barre de fer qui paraissait ne pas lui appartenir : elle était longue de soixante-dix centimètres environ, taillée en pointe, le débris d'une vieille grille abandonné là par quelque gamin qui l'avait récupéré dans les ordures pour jouer avec à des jeux dangereux. L'homme fumait un toscan et il me fixait.

Je traversai la rue et je lui demandai en dialecte de me donner des allumettes. Il sortit nonchalamment de sa poche une boîte d'allumettes de cuisine et il me les tendit en regardant avec ostentation la tache sur ma robe. J'en pris cinq en les extrayant une à une, comme si ce regard ne me gênait pas. Il me demanda sur un ton neutre si je voulais aussi un cigare. Je le remerciai : je ne fumais ni cigares ni cigarettes. Alors il me dit que j'avais tort de vadrouiller seule. L'endroit n'était pas sûr : il y avait des sales gens qui embêtaient même les enfants. Il me les indiqua en saisissant la barre de fer et en lui imprimant un bref mouvement circulaire dans leur direction. Ils étaient en train d'échanger des insultes en dialecte.

« Enfants ou petits-enfants ? demandai-je.

— Enfants et petits-enfants, répondit-il paisiblement. Le premier qui essaie de les toucher, je le tue. »

Je le remerciai à nouveau et je retraversai la rue. J'enjambai l'une des planches, je me courbai et j'entrai dans le triangle noir à travers le rideau de fer.

XXIII

Je tentai de m'orienter comme si j'avais devant moi le comptoir avec les scènes exotiques peintes par mon père tant d'années auparavant. Je le sentis massif, assez haut pour dépasser ma tête d'au moins cinq centimètres. Ensuite je réalisai que depuis l'époque où je m'étais vraiment arrêtée devant cet objet chargé de réglisse et de dragées, j'avais grandi d'au moins soixante-dix centimètres. En un éclair la paroi de bois et de métal, qui, pendant un instant, avait été haute de presque deux mètres, glissa à terre et vint s'arrêter au niveau de mes hanches. J'en fis le tour avec précaution. Je levai même le pied pour monter sur l'estrade de bois derrière le comptoir, mais en vain : naturellement il n'y avait ni comptoir ni estrade. Je traînais les semelles sur le dallage en avançant à tâtons et je ne rencontrais rien, seulement des détritus et quelques clous.

Je me décidai à craquer une allumette. L'espace était vide et il n'existait pas de mémoire capable de le remplir : seule une chaise renversée me séparait de l'ouverture qui menait à l'endroit où le père de Caserta tenait ses machines à fabriquer les gâteaux et les glaces. Je laissai tomber l'allumette pour ne pas me brûler et j'entrai dans l'ancienne pâtisserie. Là, si le mur de droite était aveugle, celui de gauche présentait bien trois ouvertures rectangulaires sur le haut, avec les barreaux et le treillis de protection. Le lieu était assez éclairé pour me permettre de distinguer nettement un lit de camp et, dessus, un corps sombre, étendu comme s'il dormait. Je me raclai la gorge pour me faire entendre mais il ne se passa rien. Je craquai une autre allumette, je m'approchai et je tendis une main vers l'ombre étendue sur le lit. En le faisant je heurtai de ma hanche un de ces cageots qui servent pour les fruits. Quelque chose roula par terre mais la silhouette ne bougea pas. Je m'agenouillai avec la flamme qui me léchait le bout des doigts. A tâtons je repérai sur le dallage l'objet que j'avais entendu tomber. C'était une torche électrique en métal. L'allumette s'éteignit. Avec le rayon de la torche j'éclairai aussitôt un sac de plastique noir, abandonné sur le lit comme un dormeur. Sur le matelas sans draps étaient éparpillées une combinaison et quelques vieilles culottes d'Amalia.

« Tu es ici ? » demandai-je d'une voix rauque, mal dominée.

Il n'y eut pas de réponse. Alors je fis tourner le rayon de la torche. Dans un coin on avait tendu une corde d'un mur à l'autre. A la corde étaient suspendus des cintres de plastique avec deux chemises, une veste grise et le pantalon correspondant soigneusement plié, un imperméable. J'examinai les chemises : elles étaient de la même marque que celles que j'avais trouvées chez ma mère. Alors je me mis à fouiller dans les poches de la veste et j'y trouvai un peu de monnaie, sept jetons de téléphone, un billet de deuxième classe Naples-Rome via Formia daté du 21 mai, trois tickets de transport urbain utilisés, deux bonbons aux fruits, la facture acquittée d'un hôtel de Formia, un seul compte pour deux chambres individuelles, trois additions de trois bars différents et la note d'un restaurant de Minturno. Le billet de train avait été délivré le jour même où ma mère était partie de Naples. La facture de l'hôtel, au contraire, comme la note du restaurant, portait la date du 22. Le dîner de Caserta et d'Amalia avait été copieux : 2 couverts 6 000 lires ; 2 entrées de fruits de mer 30 000 lires ; 2 gnocchetti aux langoustines 20 000 lires ; 2 assortiments de poisson au gril 40 000 lires ; 2 garnitures de légumes 8 000 lires ; 2 glaces 12 000 lires ; 2 vins 30 000 lires.

Beaucoup de mets, des vins. Ma mère mangeait très peu et une gorgée de vin lui faisait aussitôt tourner la tête. Je repensai aux coups de téléphone qu'elle m'avait donnés, aux obscénités qu'elle m'avait dites : peut-être n'était-elle pas terrifiée, peut-être était-elle seulement joyeuse ; peut-être était-elle joyeuse et terrifiée. Amalia avait l'imprévisibilité d'une écharde, je ne pouvais lui imposer le piège d'un seul qualificatif. Elle avait voyagé avec un homme qui l'avait tourmentée au moins autant que son mari et qui continuait subtilement à la tourmenter. Avec lui elle avait quitté le fil direct qui conduisait de Naples à Rome pour obliquer et glisser vers une chambre d'hôtel, vers une plage, la nuit. Elle ne devait pas s'être troublée outre mesure quand le fétichisme de Caserta s'était déclaré d'une manière plus affirmée. Je la sentais, là dans la pénombre, comme si elle était dans ce sac sur le lit, contractée et curieuse, mais non pas souffrante. Elle avait certainement ressenti une douleur plus grande en découvrant que cet homme s'obstinait avec une constance perverse à la persécuter, comme il l'avait fait des années auparavant quand il lui avait envoyé ses cadeaux en sachant qu'il l'exposait à la brutalité de son mari. Je me l'imaginais désorientée, quand elle avait su que Caserta était allé chez mon père pour lui raconter des choses sur elle, sur le temps qu'ils passaient ensemble. Je la voyais surprise parce que mon père n'avait pas tué son rival présumé, comme il avait toujours menacé de le faire, mais l'avait paisiblement écouté pour ensuite se mettre à l'espionner, pour la malmener, pour la menacer, pour tenter de lui réimposer sa présence. Elle était partie en toute hâte, probablement certaine que son ancien mari la suivait. Sur le chemin, avec la veuve De Riso, elle devait en être convaincue. Une fois dans le train elle avait poussé un soupir de soulagement et peut-être avait-elle attendu que Caserta se manifestât pour s'expliquer, pour comprendre. Je me la figurais troublée et déterminée, ancrée seulement à la valise qui contenait ses cadeaux pour moi. Je me secouai et remis dans les poches de la veste de Caserta tous ces signes de leurs parcours. Au fond, entre les coutures, il y avait du sable.

Quand je repartis en reconnaissance, j'eus le souffle coupé. Le rayon de la torche, en tournant, traversa une forme féminine debout contre le mur en face du lit. Je ramenai le cercle de lumière sur la forme que j'avais entrevue. Suspendu à un cintre fixé au mur par un clou, il y avait, en bon ordre, le tailleur bleu que ma mère portait quand elle était partie : veste et jupe d'un tissu si résistant qu'Amalia pendant des dizaines d'années était parvenue à adapter, au prix de légères interventions, à toutes les circonstances qu'elle jugeait importantes. Les deux vêtements avaient été disposés sur le cintre comme si la personne qui les avait portés s'était extraite de leur enveloppe, un instant seulement, en promettant de revenir vite. Sous la veste il y avait un vieux corsage bleu pâle, bien connu de moi. J'introduisis, en hésitant, une main dans le décolleté et je trouvai un des vieux soutiens-gorge d'Amalia attaché au corsage avec une épingle de nourrice. Je fouillai aussi sous la jupe : il y avait sa culotte raccommodée. Sur le dallage je vis les chaussures usées et démodées qui lui avaient appartenu, avec le talon plat plusieurs fois refait, et le collant qui gisait dessus comme un voile.

Je m'assis sur le bord du lit. Je devais m'efforcer d'empêcher le tailleur de se détacher du mur. Je voulais que chacun de ces vêtements restât là, immobile, et consumât le résidu d'énergie qu'Amalia y avait abandonné. Je laissai tous les points se découdre, l'étoffe bleue redevenir tissu sans coupe, sentant le neuf, pas même effleuré par Amalia qui, jeune, dans une robe américaine à fleurs rouge et bleu, en était encore à choisir parmi les coupons, dans un magasin tout saturé du parfum des tissus. Elle discutait avec allégresse. Elle en était encore à projeter de se le coudre sur elle, elle en était encore à en caresser légèrement la lisière, elle en était encore à en soulever un pan pour en évaluer le biais. Mais je ne fus pas capable de la retenir longtemps. Amalia travaillait déjà avec ardeur. Elle posait sur l'étoffe le papier qui reproduisait les parties de son corps. Elle le fixait avec les épingles, morceau par morceau. Elle coupait en tendant le tissu avec le pouce et avec le médius de la main gauche. Elle bâtissait. Elle cousait au point de faufil. Elle mesurait, elle décousait, elle recousait. Elle doublait. Oh, j'étais fascinée par l'art qu'elle avait de construire un double. Je voyais la robe grandir comme un autre corps, un corps plus accessible. Combien de fois j'étais entrée à la dérobée dans l'armoire de la chambre à coucher, j'avais refermé la porte, j'étais restée dans le noir au milieu de ses vêtements, sous la jupe odorante de ce tailleur, respirant son corps, m'en revêtant ? Ce qui m'enchantait, c'est qu'elle sût, de la chaîne et de la trame du tissu, tirer une personne, un masque qui se nourrissait de tiédeur et d'odeur, qui semblait personnage, théâtre, récit. Si elle ne m'avait jamais accordé fût-ce de l'effleurer, sa silhouette avait certainement été, jusqu'au seuil de mon adolescence, prodigue de suggestions, d'images, de plaisirs. Le tailleur était vivant.

Caserta aussi devait le penser. Sur ce vêtement son corps s'était certainement allongé, lorsque, au cours de la dernière année, il était né entre eux une entente sénile, que je ne réussissais pas à évaluer dans toute son intensité et dans toutes ses implications. C'est avec ce vêtement qu'elle était partie à la hâte, en proie à l'agitation après les révélations de mon père, soupçonneuse, dans la crainte d'être encore épiée. C'est avec ce vêtement que le corps d'Amalia avait effleuré Caserta, quand il était venu soudain s'asseoir à côté d'elle, dans le train. Avaient-ils rendez-vous ? Maintenant, je les voyais ensemble, alors qu'ils se rencontraient dans le compartiment, à peine hors du champ de vision de la veuve De Riso. Amalia encore élancée, mince, avec sa coiffure d'une autre époque ; lui grand, sec, soigné : un beau couple de vieux. Mais peut-être entre eux n'y avait-il aucun accord : Caserta l'avait suivie dans le train de sa propre initiative, il s'était assis à côté d'elle, il avait commencé à lui parler, aussi captivant qu'il semblait capable de l'être. Du reste, de quelque manière qu'aient pu se dérouler les choses, je doutais qu'Amalia ait compté se présenter chez moi avec lui : peut-être Caserta s'était-il contenté de lui proposer sa compagnie pour le voyage, peut-être en chemin avait-elle commencé à parler de nos villégiatures, peut-être, comme cela lui arrivait dans les derniers mois, avait-elle commencé à perdre le sens des choses, à oublier mon père, à oublier que l'homme assis à ses côtés était obsédé par elle, par son corps, par sa manière d'être, mais aussi par une vengeance de plus en plus abstraite, de moins en moins réalisable, pur fantasme parmi les si nombreux fantasmes de la vieillesse.

Ou bien non : elle continuait à l'avoir bien présent à l'esprit et déjà elle projetait, comme elle le faisait avec les vêtements, le pli à donner aux derniers événements de son existence. De toute façon, à l'improviste, la destination avait changé, et pas par la volonté de Caserta. C'était sûrement Amalia qui l'avait poussé à descendre à Formia. Lui ne pouvait avoir aucun intérêt à revenir sur les lieux où nous avions pris (mon père, elle, moi, mes sœurs) des bains de mer dans les années cinquante. Il était possible en revanche que, convaincue que mon père s'entêterait à l'espionner en se cachant Dieu sait où, Amalia ait décidé d'entraîner dans son sillage ce regard pour des parcours capables de le pétrifier.

Ils avaient mangé dans un bar quelconque, ils avaient bu, certainement un nouveau jeu était né entre eux, qu'Amalia n'avait pas prévu mais qui la séduisait. Le premier coup de téléphone qu'elle m'avait donné témoignait d'un désordre qui l'excitait tout en la désorientant. Et quoiqu'ils eussent pris des chambres séparées à l'hôtel, le second coup de fil me faisait douter qu'Amalia se fût enfermée dans sa chambre. Dans cette vieille tenue des grandes occasions, je sentais la force qui la poussait hors de la maison, loin de moi, et risquait de ne plus jamais la laisser revenir. Dans l'étoffe bleue, je voyais la nuit du débarras à côté de sa chambre à coucher, où je m'enfermais pour combattre par la terreur la terreur de la perdre pour toujours. Non, Amalia n'était pas restée dans sa chambre.

Le jour suivant, ils avaient rejoint ensemble Minturno,

probablement en train, peut-être en car. Dans la soirée, ils avaient dîné sans regarder à la dépense, allégrement, jusqu'à commander deux bouteilles de vin. Ensuite ils avaient fait un tour sur la plage, la nuit. Je savais que ma mère, sur la plage, avait revêtu les affaires que dans un premier temps elle voulait m'offrir. Peut-être était-ce Caserta qui l'avait poussée à se déshabiller et à mettre les robes, la lingerie, la robe de chambre qu'il avait soustraites pour elle au magasin Vossi. Peut-être était-ce Amalia qui l'avait fait spontanément, désinhibée par le vin, obsédée par la surveillance névrotique de son ancien mari. Il fallait exclure qu'il y eût eu de la violence : la violence que l'autopsie pouvait prouver n'avait pas été prouvée.

Je la voyais s'extraire de l'enveloppe de son vieux tailleur et j'avais l'impression que le vêtement demeurait roide et désolé, suspendu sur le sable froid comme il était suspendu maintenant contre le mur. Je la voyais tandis qu'elle s'efforçait d'entrer dans ces sous-vêtements de luxe, dans ces robes trop jeunes pour elle, chancelante d'ivresse. Je la voyais jusqu'au moment où, épuisée, elle s'était enveloppée dans la robe de chambre de satin. Elle devait avoir perçu que quelque chose s'était comme émietté à jamais : avec mon père, avec Caserta, peut-être aussi avec moi, quand elle avait décidé de changer d'itinéraire. Elle-même s'était émiettée : les coups de téléphone qu'elle m'avait donnés, selon toute probabilité en compagnie de Caserta, voulaient peut-être, dans leur joyeux désespoir, me signaler uniquement la confusion de la situation dans laquelle elle se trouvait, la désorientation qu'elle était en train de vivre. Lorsqu'elle était entrée nue dans l'eau, elle l'avait certainement fait de son propre chef. Je la sentais qui s'imaginait enserrée entre quatre pupilles, expropriée par deux regards. Et je la sentais découvrir, à bout de forces, que mon père n'était pas là, que Caserta suivait ses fantaisies de vieux à la cervelle égarée, que les spectateurs de cette mise en scène étaient absents. Elle avait quitté la robe de chambre de satin, elle n'avait gardé sur elle que le soutien-gorge Vossi. Probablement Caserta était là, à regarder sans voir. Mais je n'en étais pas sûre. Peut-être était-il déjà parti avec les affaires d'Amalia. Ou peut-être elle-même lui avait-elle ordonné de s'en aller. Je doutais qu'il eût emporté robes et lingerie de sa propre initiative. J'étais certaine en revanche qu'Amalia lui avait ordonné de me remettre les cadeaux et qu'il le lui avait promis : dernier troc pour obtenir cette vieille lingerie à laquelle il tenait. Ils devaient avoir parlé de moi, de ce que j'avais fait quand j'étais petite. Ou peut-être entrais-je déjà depuis longtemps dans le jeu de sadisme à la petite semaine mené par Caserta. Sans nul doute j'avais une part prépondérante dans ses fantasmes séniles et il voulait se venger de moi comme si j'étais la petite fille d'il y avait quarante ans. Je m'imaginais Caserta sur le sable, étourdi par la rumeur du ressac et par l'humidité, aussi désorienté qu'Amalia, ivre comme elle, incapable de comprendre où en était arrivé le jeu. Je craignis qu'il ne se fût même pas rendu compte que la souris avec laquelle il s'était amusé une bonne partie de sa vie était en train de lui échapper pour aller se noyer.

XXIV

Je me levai du lit surtout pour ne plus voir la silhouette bleue pendue au mur d'en face. Je repérai les marches qui menaient à la porte de la cour de l'immeuble. Il y en avait cinq, je m'en souvenais bien : je jouais à les sauter avec Antonio pendant que son grand-père travaillait aux gâteaux. Je les comptai en montant. Arrivée tout en haut, je m'aperçus avec surprise que la porte n'était pas fermée mais entrebâillée : la serrure était cassée. D'évidence, c'était par là que le vieux entrait et sortait. Je l'ouvris et m'avançai sous le porche : d'un côté il y avait la porte cochère donnant sur la cour, de l'autre la rampe d'escalier au sommet de laquelle s'était autrefois trouvé l'appartement de Caserta. C'est en montant ces marches que Filippo et mon père l'avaient suivi pour le tuer. Lui avait d'abord cherché à se défendre; puis il ne l'avait plus fait.

Je regardai vers le haut, du fond des escaliers, et j'eus mal à la nuque. J'avais un regard vieux de dizaines d'années qui voulait m'en montrer plus que je ne pouvais en voir à l'heure actuelle. Le récit, brisé en mille images incohérentes, avait peine à s'adapter aux pierres et au fer. En revanche, la violence s'accomplissait à présent, enlacée à la rampe de l'escalier, et il me paraissait qu'elle était restée ici — ici et pas là — pendant quarante ans, à hurler. Caserta avait renoncé à se défendre non par manque de force ou reconnaissance de sa faute, ou lâcheté, mais parce que l'oncle Filippo, au quatrième étage, avait saisi Antonio et voilà — il le suspendait par les chevilles en lâchant des jurons dans un dialecte hostile, la langue de ma mère. L'oncle était jeune, avec ses deux bras, et il menaçait de laisser tomber l'enfant si Caserta manifestait la moindre intention de bouger. La tâche de mon père était aisée.

Je laissai la porte ouverte et je rentrai dans le sous-sol. Avec la torche je cherchai la petite porte qui introduisait au niveau le plus bas. Dans mon souvenir elle était en fer verni, peut-être marron. J'en dénichai une de bois, pas plus haute que cinquante centimètres : un guichet plus qu'une porte, entrouvert, avec une fente sur le panneau et une autre sur l'encadrement : dans cette dernière un cadenas ouvert était enfilé.

A la voir, je dus admettre aussitôt que l'image de Caserta et Amalia occupés à en sortir ou à y entrer, se tenant bien droit et tout rayonnants, parfois bras dessus bras dessous, parfois main dans la main, elle en tailleur, lui en manteau en poil de chameau, était un mensonge de la mémoire. Antonio et moi aussi, lorsque nous passions par là, nous devions nous baisser. L'enfance est une fabrique de leurres qui durent à l'imparfait : du moins en avait-il été ainsi pour la mienne. Mais j'entendais les voix des enfants sur la route et il me semblait qu'ils n'étaient pas différents de ce que j'avais été : ils s'égosillaient dans le même dialecte; chacun d'entre eux se sentait quelque chose d'autre : ils étaient invention pure, cependant qu'ils vivaient le soir le long du trottoir sinistre sous l'œil de l'homme en maillot de corps. Ils filaient sur des tricycles et échangeaient des insultes en les espaçant de cris lancinants d'allégresse. Des insultes à caractère sexuel : sur leur argot obscène se greffait par moments, avec des obscénités encore plus sanguines, la voix de l'homme à la barre de fer.

Je poussai un léger gémissement. Je m'entendis répéter à Antonio des mots qui n'étaient pas différents de ceux que j'écoutais maintenant, derrière cette toute petite porte, dans l'espace noir du sous-sol; et lui me les répétait à moi. Mais je mentais, en les disant. Je faisais semblant de ne pas être moi. Je ne voulais pas être « moi » si je n'étais pas le moi d'Amalia. J'agissais comme je m'étais en secret imaginé qu'agissait Amalia. Et, en remplacement de trajets à elle que je pusse partager, je lui imposais mes trajets à moi, de la maison aux « Produits coloniaux » de Caserta le vieux. Elle sortait de la maison, elle tournait au coin, elle poussait la porte vitrée, elle goûtait aux crèmes, elle attendait son compagnon de jeux. J'étais moi et j'étais elle. Moi-elle rencontrions Caserta. En fait je ne voyais pas le visage d'Antonio, quand Antonio surgissait de la porte dans la cour, mais ce que, dans ce visage, il y avait du visage adulte de son père.

J'aimais Caserta avec l'intensité dont je m'étais imaginé que l'aimait ma mère. Et je le détestais, parce que l'image inventée de cet amour secret était tellement vive et concrète que je sentais que je ne pourrais jamais être aimée de la même façon : non par lui, mais par elle, Amalia. Caserta avait pris tout ce qui me revenait à moi. Tandis que je tournais autour du comptoir peint, je me déplaçais comme elle, je parlais toute seule en reproduisant sa voix, je battais des cils, je riais comme mon père ne voulait pas qu'elle rît. Puis je montais sur l'estrade de bois et j'entrais dans la pâtisserie en prenant de mouvantes attitudes de femme. Le grand-père d'Antonio faisait gicler la crème sinueuse de sa poche de toile et il me regardait avec des yeux profonds, voilés par la chaleur des fours.

Je tirai la porte du guichet et j'y introduisis le rayon de la torche. Je m'accroupis, genoux contre la poitrine, tête inclinée. Penchée de la sorte, je rampai en descendant trois marches glissantes. J'acceptai, au long de ce parcours, de me raconter tout : tout ce que les mensonges recelaient de vrai.

J'étais certainement Amalia, lorsqu'un jour je trouvai la pâtisserie vide et cette petite porte ouverte. J'étais Amalia qui, aussi nue que la bohémienne peinte par mon père autour de laquelle depuis des semaines volaient les insultes, les promesses, les menaces, allait ramper dans le sous-sol noir en compagnie de Caserta. J'étais, à l'imparfait. Je me sentais elle avec ses pensées, libre et heureuse, échappée à la machine à coudre, aux gants, à l'aiguille et au fil, à mon père, à ses toiles, au papier jaunâtre sur lequel elle avait fini en barbouillages sanguins. J'étais identique à elle et pourtant je souffrais de l'inachèvement de cette identité. Nous ne parvenions à être « moi » que dans le jeu, désormais, et je le savais.

Sauf que, courbé au bas des trois marches après la toute petite porte, Caserta me regarda en coulisse et il me dit : « Viens. » Pendant que je me figurais que sa voix, en même temps que ce mot, donnait son aussi à « Amalia », il remonta légèrement d'un doigt noueux et sali de crème le long d'une de mes jambes, sous la petite robe que m'avait cousue ma mère. A ce contact, j'éprouvai du plaisir. Et je me rendis compte que se passaient obstinément dans ma tête les obscénités que pendant ce temps l'homme balbutiait d'une voix rauque, en me touchant. Je les gardais en mémoire et il me semblait qu'il les disait avec une longue langue rouge qui parlait non de sa bouche mais de son pantalon. Je ne respirais plus. J'éprouvais tout ensemble plaisir et terreur. Je cherchais à les contenir l'un et l'autre, mais je m'apercevais avec rancœur que le jeu ne marchait pas bien. C'était Amalia qui éprouvait tout le plaisir : à moi, il ne restait que la terreur. Plus les choses se passaient, plus j'étais dépitée parce que je ne réussissais pas à être « moi » dans son plaisir à elle, et que je tremblais seulement.

Du reste Caserta non plus ne me venait pas d'une manière convaincante. Parfois il parvenait à être Caserta, parfois il perdait ses linéaments. Cela me mettait de plus en plus en alarme. Les choses se passaient comme avec Antonio : durant nos jeux, moi j'étais Amalia avec conviction, lui était son père de façon labile, peut-être par manque d'imagination. Je le détestais, dans ces moments. Le sentir Antonio faisait de moi une bien piètre Delia là-dessous, dans le sous-sol, avec une main sur son sexe ; et pendant ce temps Amalia jouait à être réellement Amalia je ne sais où, en m'excluant de son jeu comme certaines fois les petites filles de la cour.

Ainsi à un moment donné je dus céder et admettre que l'homme qui me disait : « Viens » au bas des trois marches du sous-sol était le marchand de produits coloniaux, le vieux ténébreux qui fabriquait des glaces et des gâteaux, le grand-père du petit Antonio, le père de Caserta. Mais Caserta non : Caserta était sûrement ailleurs, avec ma mère. Alors je le repoussai et je m'échappai en pleurant. Je sautai sur l'éclat du carrelage où il y avait mon père, le chevalet, la chambre à coucher. Je lui rapportai, dans le dialecte grossier de la cour, les choses obscènes que cet homme m'avait faites et dites. Je pleurais. J'avais clairement à l'esprit le vieux visage déformé par le feu de la peau et par la peur.

Caserta, dis-je à mon père. Je lui dis que Caserta avait fait et dit à Amalia, avec son consentement, dans le sous-sol de la pâtisserie, toutes les choses qu'en réalité le grand-père d'Antonio m'avait dites et peut-être faites, à moi. Lui s'arrêta de travailler et il attendit que ma mère revînt à la maison.

Dire c'est enchaîner temps et espaces perdus. Je m'assis sur la dernière marche, en croyant que c'était vraiment celle d'alors. Je me répétai du bout des lèvres l'une après l'autre les formules obscènes que le père de Caserta m'avait débitées avec une croissante agitation quarante ans plus tôt. Et je me rendis compte que, en substance, c'étaient les mêmes que ma mère m'avait criées en ricanant au téléphone, avant d'aller se noyer. Des mots pour se perdre ou pour se trouver. Peut-être voulait-elle me communiquer qu'elle aussi me détestait pour ce que je lui avais fait quarante ans plus tôt. Peut-être voulait-elle me faire comprendre de cette manière qui était l'homme qui se trouvait là avec elle. Peut-être voulait-elle me dire de faire attention à moi, d'être en garde contre les fureurs séniles de Caserta. Ou peut-être voulait-elle simplement me démontrer que ces mots aussi pouvaient être dits et que, contrairement à ce que j'avais cru pendant toute ma vie, ils pouvaient ne pas me faire mal.

Je me raccrochai à cette dernière hypothèse. J'étais là, pelotonnée sur le seuil de fantaisies tourmentées, pour rencontrer Caserta et lui dire que je n'avais jamais voulu lui nuire. Elle ne m'intéressait plus, l'histoire entre lui et ma mère : je désirais seulement avouer à voix haute que, alors et après, ce n'est pas lui que j'avais détesté, ni peut-être même mon père : mais seulement Amalia. C'était à elle que je voulais faire du mal. Parce qu'elle m'avait laissée dans le monde jouer toute seule avec les mots du mensonge, sans mesure, sans vérité.

XXV

Mais Caserta ne se montra pas. Dans le sous-sol il n'y avait que des boîtes vides en carton et de vieilles bouteilles de limonade ou de bière. Je me traînai dehors, pleine de poussière, irritée par le contact léger des toiles d'araignée, et je regagnai le lit de camp. A terre, je vis mon slip taché de sang et de la pointe du pied je le poussai sous le lit. Désormais, j'étais plus irritée de le découvrir dans ce lieu comme une partie dérobée de moi-même que d'imaginer l'usage qu'en avait fait Caserta.

Je revins au mur où était suspendu l'ensemble bleu d'Amalia. Je décrochai le cintre, j'étendis avec délicatesse le vêtement sur le lit, je retournai la veste : elle avait à l'intérieur un bout de doublure décousu; les poches étaient vides. Je la tins sur moi comme si j'avais voulu voir comment elle m'allait. Puis je me décidai : je déposai la torche sur le lit de camp, j'ôtai ma robe et la laissai sur le sol; puis je me rhabillai avec soin, sans hâte. J'utilisai l'épingle de nourrice, avec laquelle Caserta avait fixé le soutien-gorge au corsage, pour me serrer la jupe à la taille : elle était trop large. La veste aussi était ample et cependant je l'arrangeai sur moi avec satisfaction. Dans ce vieux vêtement je sentis l'extrême récit que ma mère m'avait laissé et qui, maintenant, avec tous les artifices nécessaires, collait parfaitement à moi.

L'histoire pouvait être plus faible ou plus attachante que celle que je m'étais racontée. Il suffisait de tirer un fil et de le suivre dans sa linéarité simplificatrice. Par exemple, Amalia était partie en compagnie de son vieil amant et elle avait passé avec lui d'ultimes vacances secrètes, en riant bruyamment, mangeant et buvant, se déshabillant sur la plage, se vêtant et se dévêtant des affaires qu'elle projetait de m'offrir. Jeu d'une vieille qui feint d'être jeune pour faire plaisir à un autre vieux. Enfin, elle avait décidé de prendre un bain toute nue. Mais éméchée comme elle l'était, elle s'était trop éloignée du rivage et elle s'était noyée. Caserta avait eu peur, il avait tout ramassé et il était parti. Ou bien encore, la voilà qui courait nue le long de la ligne où venaient mourir les vagues, avec lui qui la suivait, tous les deux haletants, terrorisés tous les deux, elle par la découverte de ses désirs à lui, lui par la découverte de sa répulsion à elle. Et, pour finir, Amalia avait cru pouvoir lui échapper dans l'eau.

Oui, il suffisait de tirer un fil pour continuer de jouer avec la figure mystérieuse de ma mère, tantôt en la rehaussant tantôt en la rabaissant. Mais je m'aperçus que je n'en ressentais plus la nécessité et je m'avançai dans le rayon de lumière exactement comme il me semblait qu'elle avançait, elle. Après avoir éteint la torche, je me penchai vers le triangle bleu clair du rideau métallique et je poussai la tête dehors. Les réverbères étaient allumés, mais il y avait encore de la lumière. Les enfants ne couraient ni ne criaient plus. Ils étaient autour d'un homme au dos voûté, le visage à la hauteur de leurs visages, les mains sur les genoux. L'homme était Caserta. Il avait d'épais cheveux blancs et une expression captivante. Tous, les petits, le grand, ils avaient les chaussures dans une flaque scintillante. Les enfants avaient commencé de défaire le papier des bonbons qu'il venait de leur distribuer.

Je regardai ce vieux sec, bien rasé, bien habillé, le visage pâle et tendu, et je ne sentis plus aucun besoin de lui parler, de savoir, de lui faire savoir. Je décidai de m'échapper en suivant le trottoir, après le coin de la rue, mais il se retourna et me vit. Sa stupeur fut telle qu'il ne réalisa pas ce qui se passait derrière lui. L'homme en maillot de corps avait appuyé soigneusement la barre contre le mur, il venait de jeter son cigare et maintenant il s'approchait en regardant droit devant lui, le torse bombé, ses jambes courtes actionnant des pas raisonnablement tranquilles. Les enfants se reculèrent en se retirant de la flaque. Caserta resta seul dans le miroir d'eau violette, la bouche ouverte, les yeux dénués d'inquiétude fixés sur moi. Son calme m'aida à respirer. Je rentrai aux « Produits coloniaux » d'il y a quarante ans, je veillai bien à ne pas me heurter contre le comptoir aux palmiers et aux chameaux, je montai sur l'estrade de bois, je traversai la pâtisserie en évitant adroitement le four, les machines, les tables, les moules à tarte, je sortis par la porte qui donnait sur la cour. Une fois à l'extérieur, je cherchai à prendre le pas convenant à une personne adulte qui n'est pas pressée.

XXVI

Le gaz brûlait dans la nuit aux torchères des raffineries. Je voyageai sur un train direct, lent comme une agonie, après avoir cherché et trouvé un compartiment éclairé, sans passagers plongés dans le sommeil. Je voulais que, sinon le train entier, du moins ma banquette conservât sa consistance propre. Je trouvai de la place avec des jeunes autour de vingt ans, conscrits de retour d'une brève permission. Dans un dialecte quasi incompréhensible, ils faisaient à chaque phrase étalage d'une agressivité terrifiée. Ils avaient raté le train qui devait leur permettre d'arriver à l'heure à la caserne. Ils savaient qu'ils allaient être punis et ils avaient peur. Mais ils ne l'avouaient pas. Au contraire, entre cris et sarcasmes, ils projetaient de soumettre les officiers qui les auraient punis à toutes sortes d'humiliations sexuelles. Ils les situaient dans un avenir indéterminé et, en attendant, ils les décrivaient sans épargner les détails. Ils soutenaient, en parlant à mon intention, mais indirectement, qu'ils n'avaient peur de personne. Chaque fois, ils me lançaient des regards plus effrontés. L'un d'eux se mit à m'adresser franchement la parole et à m'offrir de la bière à même la canette où il avait bu. J'en bus. Les autres ricanaient sans parvenir à se retenir, en s'adossant les uns aux autres les corps contractés par leur rire réprimé, et en se repoussant ensuite avec force, cramoisis.

Je les quittai à Minturno. Je rejoignis l'Appia à pied, par des chemins déserts, au milieu de villas vulgaires et vides. Il faisait encore noir lorsque je réussis à retrouver la maison de nos vacances, une construction à deux étages au toit incliné, aux ouvertures barrées, muette sous la rosée. Aux premières lueurs, je m'avançai dans un sentier sablonneux. Il y avait seulement des scarabées et des lézards immobiles, dans l'attente des premières tiédeurs. Les feuilles des roseaux avec lesquels j'avais fabriqué pour moi et pour mes sœurs des squelettes de cerfs-volants mouillaient mon tailleur à peine je les effleurais.

J'enlevai mes chaussures et j'enfonçai mes pieds douloureux dans un sable fin, froid et sale, parmi des débris de toutes sortes. J'allai m'asseoir sur un tronc d'arbre près du rivage, en attendant que le soleil me réchauffe mais aussi pour raccrocher ma présence à une épave bien enracinée dans le sable. La mer maintenant était calme et bleue sous le soleil, mais les rayons arrivaient difficilement à la laisse, et le sable restait sous une ombre grise. Une brume légère, près de s'évanouir, parvenait encore à effacer les buissons, les collines, les reliefs. J'étais déjà revenue dans ces lieux, après la mort de ma mère. Je n'avais vu ni la mer ni la plage. Je n'avais vu que des détails : la valve blanche d'un coquillage, rainuré avec rigueur ; un crabe aux segments de l'abdomen tournés vers le soleil ; le plastique vert d'un bidon de détergent ; ce tronc sur lequel j'étais assise. Je m'étais demandé pourquoi ma mère avait décidé de mourir à cet endroit. Je ne le saurais jamais. J'étais l'unique source possible du récit, je ne pouvais ni ne voulais chercher en dehors de moi.

Quand le soleil commença de me caresser, j'entendis Amalia jeune et tout étonnée par l'apparition des premiers bikinis. Elle disait : « Les deux pièces tiennent ensemble dans une seule main. » Elle, par contre, portait un maillot vert qu'elle s'était cousu seule, un maillot montant, inusable, propre à effacer les formes, toujours le même des années durant. Par prudence, elle vérifiait souvent si l'étoffe ne remontait pas sur les cuisses ou sur les fesses. Le dimanche, apparemment de sa propre initiative, elle restait enveloppée dans une serviette de bain comme si elle avait froid, sur la chaise longue abritée par le parasol, à côté de mon père. Mais elle n'avait pas froid. Les jours de fête, de l'intérieur des terres arrivaient sur la plage des bandes de garçons frisés, aux maillots de bain indécents, brûlés de soleil au visage, sur le cou et sur les bras, avec le reste blanc, vociférants, bagarreurs, se livrant entre eux tantôt par jeu tantôt pour de bon à des luttes furieuses dans le sable ou dans l'eau. Mon père, qui en général passait son temps sur la laisse en mangeant des tellines pêchées dans le sable, changeait d'humeur et d'attitude en les voyant. Il sommait Amalia de ne pas s'éloigner du parasol. Il l'épiait pour savoir si elle les regardait en coulisse. Quand les garçons, au cours de leurs exhibitions, salis de sable jusqu'aux cheveux, se rapprochaient trop du grand parasol en riant, il nous rejoignait en hâte et nous obligeait toutes les quatre à rester près de lui. Pendant ce temps il déclarait la guerre aux jeunes en leur lançant des regards féroces. Nous, comme toujours, nous avions peur.

Mais, de ces vacances-là, ce que je me rappelais avec le plus d'ennui était le cinéma en plein air, où nous allions souvent. Mon père, pour nous protéger d'éventuels importuns, faisait asseoir la plus jeune de mes sœurs sur le premier strapontin de la rangée, celui qui donnait sur l'allée centrale. Ensuite il ordonnait à l'autre de s'asseoir à côté d'elle. Je suivais, puis ma mère, enfin lui. Amalia prenait un air mi-amusé mi-étonné. Moi, au contraire, j'interprétais cette disposition des places comme le signal d'un danger et je devenais de plus en plus inquiète. Quand mon père s'installait à sa place et mettait un bras autour des épaules de sa femme, ce geste me semblait la dernière fortification contre une menace obscure qui devait bientôt se dévoiler.

Le film commençait mais je sentais que mon père n'était pas tranquille. Il assistait au spectacle avec nervosité. Si par hasard Amalia se retournait pour regarder derrière elle, aussitôt il le faisait aussi. A espaces réguliers, il lui demandait : « Qu'est-ce qu'il y a ? » Elle le rassurait, mais lui n'avait pas confiance. J'étais suggestionnée par cette anxiété. Je pensais que s'il m'arrivait quelque chose — la chose la plus terrible, j'ignorais laquelle —, je la lui tairais. J'en déduisais, je ne sais pas pourquoi, qu'Amalia aussi se comporterait de la même façon. Mais cette conscience me faisait encore plus peur. Parce que si mon père avait découvert qu'elle lui avait caché la tentative d'approche de qui sait quel étranger, il aurait immédiatement eu la preuve de toutes les autres innombrables complicités d'Amalia.

Moi, ces preuves, je les avais déjà. Quand nous allions au cinéma sans lui, ma mère ne respectait aucune des règles qu'il lui avait imposées : elle regardait autour d'elle, librement, elle riait comme elle ne devait pas rire et elle bavardait avec des inconnus, par exemple avec le vendeur de bonbons qui, lorsque les lumières s'éteignaient et qu'apparaissait le ciel étoilé, s'asseyait à côté d'elle. C'est pourquoi, quand mon père était là, je n'arrivais pas à suivre l'histoire du film. Je lançais des regards furtifs dans le noir pour exercer à mon tour un contrôle sur Amalia, anticiper la découverte de ses secrets, éviter qu'il ne découvrît lui aussi sa culpabilité. Entre les fumées des cigarettes et le scintillement du faisceau de lumière jailli du projecteur, je rêvais avec terreur à des corps d'hommes en forme de grenouilles qui bondissaient, agiles, sous la rangée de sièges, allongeant non des pattes mais des mains et des langues visqueuses. Et ainsi je me couvrais d'une sueur glacée malgré la chaleur.

Pendant ce temps Amalia, après un regard furtif de côté, curieux et appréhensif à la fois, abandonnait sa tête sur l'épaule de mon père et semblait heureuse. Ce double mouvement me déchirait. Je ne savais où suivre ma mère en fuite, le long de l'axe de ce regard ou dans la parabole que sa coiffure dessinait vers l'épaule de son mari. J'étais là, à côté d'elle, et je tremblais. Même les étoiles, si serrées l'été, me semblaient des lueurs de mon désarroi. J'étais tellement décidée à devenir différente d'elle que je perdais une à une les raisons de lui ressembler.

Le soleil a commencé de me réchauffer. J'ai fouillé dans mon sac et j'en ai sorti ma carte d'identité. J'ai fixé longuement la photo en m'efforçant de reconnaître Amalia sur cette image. C'était une photo récente, faite exprès pour renouveler le document périmé. Avec un feutre, tandis que le soleil me brûlait le cou, j'ai dessiné autour de mes traits la coiffure de ma mère. J'ai rallongé mes cheveux courts en partant des oreilles et en faisant bouffer deux larges bandes qui se refermaient en une vague très noire, relevée sur le front. J'ai esquissé une boucle rebelle sur mon œil droit mal retenue entre la racine des cheveux et le sourcil.

Je me suis regardée, je me suis souri. Cette coiffure d'une autre époque, en usage dans les années quarante mais déjà rare à la fin des années cinquante, m'allait bien. Il y avait eu Amalia. J'étais Amalia.

Achevé d'imprimer
par CPI Firmin Didot en août 2016.
Dépôt légal : août 2016.
Premier dépôt légal : août 1995.
Numéro d'imprimeur : 137275.

ISBN 978-2-07-073305-7/Imprimé en France

310692